AF300398

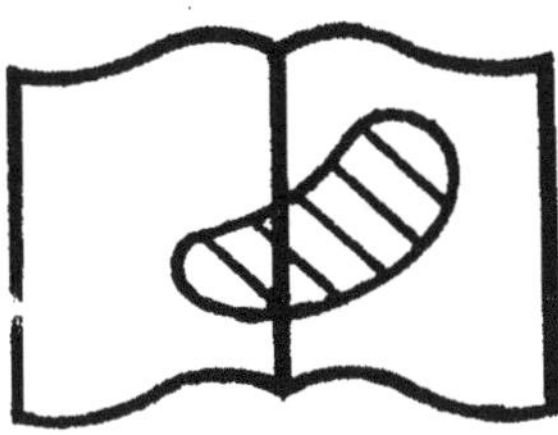

Illisibilité partielle

Couverture inférieure manquante

Début d'une série de documents en couleur

LABLE POUR TOUT OU PARTIE
U DOCUMENT REPRODUIT

8° Y²
40256

Auguste BARRAU

LA
Vie Artiste

Prix : Un Franc

PARIS

A. GHIO, ÉDITEUR, PALAIS-ROYAL

1887

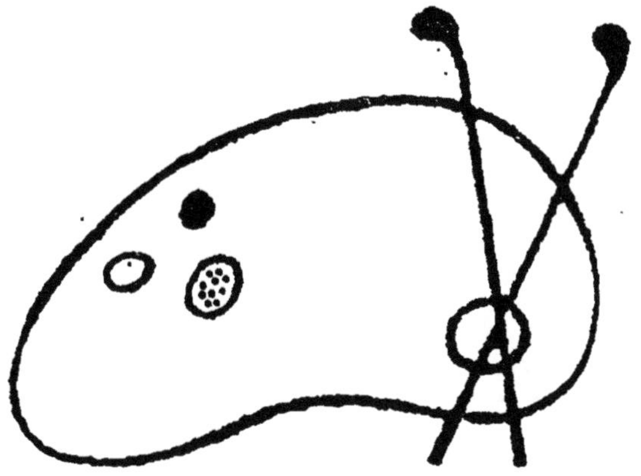

Fin d'une série de documents
en couleur

LA VIE ARTISTE

8° Y² 40296

Auguste BARRAU

(Jean des Saules)

LA

Vie Artiste

PARIS

A. GHIO, ÉDITEUR, PALAIS-ROYAL

—

1887

DU MÊME AUTEUR

CHEZ A. GHIO

Souvenir du Quartier-Latin, poëme..   o fr. 40

Fleurs d'Enfer, in-8°, papier teinté,
eau-forte de G. Boutet, dessins de
Mignot, 1 vol......................   3 fr. 50

L'Epicier malgré lui, comédie, 1 acte,
en prose............................ ...   1 fr. »

Pourquoi je suis resté célibataire, monologue en prose, dit par Félix
Galipaux............ ... .   o fr. 40

LETTRE · PRÉFACE

A Madame J. D. S

Ce soir-là, nous étions baignés de lune, s'il vous en souvient, et nous marchions, côte à côte, silencieux et étrangement absorbés par les murmures que l'orgue du crépuscule semait un peu partout.

La nuit était tombée ; une nuit toute verte avec, çà et là, quelques étoiles : clous d'or qui attachaient à l'horizon de petits morceaux de nuages aux moutonnements de ouate.

C'était l'automne.

Cette saison incomprise possède, pour certains, un charme tout particulier comme en ont les flacons d'odeurs débouchés et les fleurs qui s'étiolent. L'automne? C'est l'agonie de l'été lourd, énervant avec ses bouffées de chaleur! c'est l'oxydation des feuilles, la fraîcheur délicieuse des soirs et le decrescendo mélancolique de la brillante symphonie estivale! Les bois n'ont plus leurs caquetages bruyants, en revanche, ils chuchottent de mystérieuses paroles, troublantes comme le silence dans le demi-jour des églises. De-là-bas la brise, coupante comme une lame affilée, apporte, avec des bourdonnements, l'odeur balsamique des sapins qui fleurent comme en mars, des sapins élégants dont les aiguilles vertes, en tricotant des fils invisibles, font le bruit berceur de la mer.

Pour ma part, j'aime le printemps, j'ai l'été en grande estime, mais j'adore l'automne..... L'automne si triste avec ses nids vides et si doux avec ses pâles soleils couchants!

Donc, c'était l'automne. Et, tout en marchant dans la quiétude qui nous enveloppait, nous causions de bien des choses, mais de l'art surtout. Nous discutions, devrais-je dire, car vous ne partagiez pas entièrement ma manière de voir, et parfois, vous m'opposiez un tas de raisons que, soit dit sans vanité, je réfutais assez facilement. Nous avions abordé un sujet bien passionnant pour moi et vous en eûtes aussitôt la preuve. J'avais enfourché mon dada favori et, dame! emporté par son trot furieux, j'allais d'un train insensé.... Et vous me suiviez sans peine, avec plaisir même, car, tout ce qui est sentiment a le don de vous intéresser et l'art n'est il pas du sentiment matérialisé, si je puis parler ainsi?

Sous quelque forme qu'il se présente : poésie, musique, peinture, etc., etc., l'art procure des sensations infiniment agréables et consolantes. Il est à l'âme ce que les jouissances physiques sont au corps, avec cette différence qu'il ne laisse ni

amertumes, ni dégoûts. Avec lui, point d'écœu-
rements délabreurs, point de lendemains vides.
La vie, grâce à lui, a au moins sa raison d'être
et n'est plus seulement l'existence animale dans
tout le superflu dont notre civilisation a fait une
nécessité. Les jours sont remplis par autre chose
que nos besoins raffinés.

VIVRE, AIMER, SOUFFRIR : *cette trinité sous les
fourches caudines de laquelle nous sommes obli-
gés de passer, réserve, pour l'amant de l'art,
d'infinies tendresses. On vit pour l'art, on aime
avec art et l'on souffre, bien souvent, par l'art.*

*Et ne traitez pas cela de paradoxe stupide!
L'artiste ne vit pas comme tout le monde. Si la
société le force à subir ses exigences, croyez
bien qu'il a sa vie propre, son moi intime dans
lequel ne pénètrent que quelques rares élus. Il
n'aime pas comme les autres hommes? Non, certes!
car l'amour avec lui cesse d'être une vulgarité
brutale, sans se saturer pour cela des fadeurs à
l'eau de rose de certaines affections platoniques.
Son amour a des délicatesses touchantes, des
ivresses douces, et des saveurs inconnues de la
foule. La femme qu'il aime est une dualité : la
forme et l'idée. La forme,... pour ses caresses
tour à tour grisantes et névrosées; l'idée,... pour
son rêve, son beau rêve d'artiste aux envolées
puissantes. Puis, il aime très-fortement parce
qu'il sent profondément. Ne soyez donc pas étonnée*

si les souffrances laissent en lui une impression quelquefois ineffaçable.

Oh ! les douleurs.... qui pourra jamais dire le nombre de victimes qu'elles ont faites parmi ces cœurs généreux étouffés dans des mains de femmes, assassinés par l'impuissance de produire au grand jour ce qu'ils contenaient, martyrisés par la misère, les jours sans pain, les nuits sans sommeil, et les fièvres, et les épuisements, et les phthisies !

J'ai dit que l'artiste souffre par l'art et il me serait bien facile, Madame, de vous le démontrer... si je devais vous écrire de longues pages ; mais les lettres courtes, ainsi que les discours laconiques, sont encore les meilleures, et c'est pourquoi vous me permettrez de passer outre. Puis, vous trouverez dans les quelques récits qui suivent et ne sont que le prélude d'une « vie artiste » plus complète, des explications qui, j'ose l'espérer, vous satisferont. Presque tous ont paru dans Nantes-Moderne, journal artistique nantais. Sûrement vous avez dû en lire quelques-uns. Ils n'auront pas pour vous l'attrait de la nouveauté... et c'est tant pis pour ces pauvres qui ne pouvaient peut-être vous offrir que cela.

Tels qu'ils sont, daignez les accepter, Madame, comme témoignage de ma profonde sympathie.

A. Barrau.

UNE REPRÉSENTATION A BÉNÉFICE

———

C'était un grand garçon pâle que bon nombre de mes lecteurs ont sûrement remarqué plus d'une fois, le soir, montant et descendant la rue Crébillon, causant haut et gesticulant tout comme s'il eût été sur les planches de son théâtre.

Quelque jour j'entreprendrai sa biographie, éminemment curieuse, je vous l'assure. Pour aujourd'hui, je veux m'en tenir à une phase de sa vie, lugubrement ensoleillée par une misère froide et une gloire ironique.

Je ne sache rien d'épouvantable comme le rire d'un comédien qui souffre, ce rire navrant qui n'est qu'une sorte de grimace aimable, ce rictus monstrueux cachant souvent d'effroyables tortures ! Je l'ai vu, ce rire-là, sur les lèvres d'une actrice en scène qui, le matin, avait perdu son enfant : un charmant baby rose qu'elle aimait à la folie; et jamais je n'en oublierai la tristesse si amèrement profonde.

Or, Thaddeyde eut un soir un rire pareil et voici dans quelles conditions :

En juin 1880, il avait contracté un engagement avec la direction du grand théâtre de Versailles. où il débuta le 29 août dans « Nevers », le rôle d'amoureux du *Bossu*. Consécutivement, il joua « Orsini », 3e rôle de *La Tour de Nesle;* « Yorrick », du *Sonneur de Saint-Paul;* le préfet « Boisramé », dans *Nos Députés en robe de chambre,* etc., etc., puis, fin novembre, le théâtre fit faillite.

Pas drôle pour les artistes ce revers, — depuis un mois personne n'ayant touché le moindre à-compte, — mais moins drôle encore pour Thaddeyde qui ne possédait pas un centime !

Alors défilèrent les longs jours sans pain. Toute une vie de misère commença pour l'artiste. Il fut assailli de tiraillements d'entrailles calmés à grand'peine par quelque croûte, gagnée çà et là dans une étude de notaire ou dans un cabinet d'avoué. Le froid se mit aussi de la partie. Point de feu... n'ayant pas d'argent pour acheter du bois ! Crédit était mort et enterré. Le Mont-de-Piété avait pris la montre et la chaîne d'or, il voulut les habits... et les meilleurs encore ! On les lui porta. Véritablement cela ne pouvait durer.

Alors, un matin, les artistes se réunirent et il fut décidé qu'on donnerait une représentation au bénéfice de la troupe.

La salle est comble.

Les Versaillais, charitables ou amateurs de spectacle, se sont empressés de répondre à l'appel qui leur a été fait par des programmes alléchants. Dans les couloirs on se bouscule. Impossible de trouver la moindre place !

Aux galeries les têtes prennent des aspects de boules roses dans la poussière lumineusement blonde qui tombe des lustres et monte de la rampe. Vu d'en haut, le parterre a l'air d'une mosaïque animée, d'un gigantesque kaléidoscope aux teintes crues, mais adoucies par la buée transparente des haleines.

Le gaz allume les velours, éclaire les épaules blanches, glisse sur les éventails de satin dont il se sert comme réflecteurs pour lécher, là-bas dans l'ombre des baignoires, les spectatrices nonchalamment allongées.

Un bourdonnement, mystérieux comme un chuchottement, musical comme les vibrations faibles d'une contrebasse, plane sur la foule, puis s'affaiblit par degrés.

Un homme pâle est en scène. C'est Thaddeyde.

Il dit l'amusant monologue de Paul Bilhaud, qui a nom *Le Hanneton*, et la salle se tort, éclate en rires sonores, stridents et prolongés comme un roulement de castagnettes.

Lui, l'homme pâle, se tord aussi, mais sous les étreintes de la faim. Depuis deux jours, il n'a pas mangé... N'importe, il faut qu'il fasse rire et qu'il rie !

Et il rit, en effet, mais du rire de l'actrice pleurant son enfant, d'un rire noir, lugubrement grotesque, qui fait se pâmer la foule.

O vous, les repus, les heureux, les jouisseurs qui ne souffrez que du trop de bien-être, vous ne pouvez pas vous faire une idée des douleurs torturant le meurt-de-faim ! C'est quelque chose de si poignant, de si horrible que la folie, le crime en sont parfois, hélas ! la conséquence. N'avons-nous pas vu, il y a quelques mois, un jeune homme se dire assassin, alors qu'il était parfaitement innocent, tout simplement pour trouver en prison la nourriture qui lui manquait !

Moi, si j'étais juge, — n'en déplaise à la société, — je ne pourrais jamais condamner un de ces criminels.

*
* *

Après un court entr'acte Thaddeyde remonte en scène pour raconter ce dramatique récit de Coppée : *La Grève des Forgerons.* Aux rires de tout à l'heure a succédé un silence tiède où la voix de l'acteur établit des courants électriques. La salle, tout entière, écoute, fiévreuse, enveloppée d'une angoisse délicieuse, l'émouvant poëme.

L'artiste, à son insu et comme par ricochet, subit l'émotion qu'il jette à la face des spectateurs. Il vit complètement son personnage. Ce forgeron, mais c'est lui, puisqu'il avait faim comme lui !

Alors sa voix vibre, vibre, se fâche, s'emporte, se casse en sanglots tristes, en lamentos désespérés qui font pleurer la foule.

Un tonnerre d'applaudissements, de trépignements et de bis furieux le ramène sur la scène.

Sous les coups de lumière de la herse, aveuglé par le ruissellement des clartés, il se sent faiblir. Heureusement que sa volonté est forte. Un sentiment indéfinissable où se mêle une joie orgueilleuse l'envahit. Lui, le pauvre comédien, dont le ventre est creux, qui sent ses tempes violemment battues par le marteau du sang, il contemple cette foule attentive et domptée. Il la possède, il l'a vaincue rien qu'avec sa voix et son geste. Cette foule lâche, c'est sa maîtresse : une maîtresse inassouvissable qui veut des baisers encore et toujours. Des baisers ?... Non... des vers !

Et il dit *La Veillée*.

Maintenant, trêve aux emportements ! Ce n'est plus la faim qui gronde et menace, c'est le devoir qui parle par une bouche de jeune fille. Avec des caresses et des larmes dans la voix, pour indiquer le courage d'une passion qui s'étouffe, il raconte cette lutte épouvantable du devoir et de l'amour. On croirait entendre une romance mélancolique, mise en musique par quelque compositeur surnaturel. Il y a là toute une gamme de plaintes, toute une série de sou-

pirs qui rappellent le chant de la harpe éolienne
par les nuits murmurantes.

Puis, tout cesse.

Alors, brusquement, la foule se lève et pousse
de formidables acclamations pendant que, derrière le rideau baissé, le pauvre artiste tombe
épuisé dans les bras de ses camarades.

. . . .

— « Le plus beau soir de ma vie », me disait,
il y a quelque temps, Thaddeyde, en me racontant cette triste histoire.

CAPRICE DE GRANDE DAME

Pour ma part, je regrette profondément que Edmond de Goncourt, ce puissant analyste, ait, dans *Chérie*, fait mourir son sujet d'étude à l'âge où la jeune fille va devenir femme. L'enfant et l'adolescente nous étant connues, il serait bon, n'est-il pas vrai? que nous connussions aussi la femme, et c'est pourquoi — si j'avais l'honneur de parler à M. de Goncourt. — je prendrais la liberté de lui demander une suite à *Chérie*.

Ce qui précède est simplement pour vous dire, charmantes lectrices, que longtemps encore nous vous ignorerons, car vous êtes et serez toujours incompréhensibles et mystérieuses autant que les Saints Mystères eux-mêmes !

*
* *

Il était une fois.... Pardon si je commence mon récit à la façon d'un conte de Perrault, mais ce début me sourit infiniment, je l'avoue. Donc, si vous n'y voyez aucun inconvénient, je vais continuer ou mieux commencer ma très véridique histoire.

Il était une fois, au faubourg Saint-Germain, une jeune et noble dame, mariée à un seigneur de hault lignage, dont vous me permettrez de taire le nom pour des motifs que vous comprendrez sans qu'il soit besoin d'insister.

Monsieur, contrairement à la plupart des maris, était jeune, admirablement joli et, sans posséder un esprit transcendant, pouvait néanmoins soutenir une conversation sans qu'il lui fût besoin d'appeler à son aide la pluie ou le beau temps.

Véritablement, c'était un ménage modèle ! Monsieur adorait sa femme qui paraissait le lui rendre avec usure. Tout le jour, ce n'était que baisers et serrements de mains et les domestiques assuraient que la nuit il en était exactement de même. Pour une fois, savez-vous, comme dirait mon ami Hannon, je veux bien croire aux dires de la valetaille.

Pas un nuage ne s'était encore montré dans ce ciel conjugal ! Le diable avait bien essayé de mettre le trouble entre les deux époux, mais ils étaient toujours si étroitement unis qu'il n'y avait même pas place pour le zéphir. De guerre lasse, Satan s'était tenu coi, lorsqu'un beau matin il se rappela que « la fortune est aux audadacieux », ainsi qu'il l'avait précédemment fait

écrire à Crébillon fils et dire à certain révolu-
tionnaire fameux.

Or, voici ce qu'il imagina.

Il enflamma Madame d'une passion folle pour
le théâtre, au grand désespoir de son mari qui
détestait la musique aussi cordialement que le
drame ou le vaudeville. Au bout de quelques
mois, Monsieur, fatigué d'habiter chaque soir
des loges chauffées par le gaz et les respirations,
assourdi par les cuivres et les déclamations, recommença sa vie d'autrefois : c'est-à-dire qu'il
prit très souvent le chemin du *Jockey-Club* dont
il était, avant son mariage, un des membres les
plus assidus.

Aimer l'émotion n'est pas une raison pour
aimer celui qui la fait naître, et je suis certain,
chères lectrices, que pas une de vous n'imiterait
la comtesse — j'avais oublié de vous dire que
Madame possédait ce titre — si la fantaisie me
prenait de monter sur les planches et si j'avais le
talent de vous émouvoir.

Un peu obscur, n'est-ce pas, ce que je viens
d'écrire ? Une explication est absolument nécessaire, et en galant homme que je suis, je vais
m'empresser de vous la donner.

***

Ce soir-là, Madame, lassée de la diction extra,
servie par les premiers théâtres, s'échoua au
Montpernasse. J'écris ce mot ainsi que le pro-
noncent les grisettes du quartier et les concierges

de tout Paris, pour augmenter l'étonnement que je lis sur le charmant visage de mes lectrices. Une comtesse à ce *bouis-bouis* où Alexandre de la Porte-Saint-Martin a joué pendant si long-temps?... Oui, je vous l'assure, et même ce soir-là on donnait le *Juif-Errant*.

Etait-ce caprice, bizarrerie, goût dépravé?... Je n'en sais rien. Madame était là, vous dis-je. Pourquoi? Mon Dieu, tout simplement parce qu'elle y voulait être.

Et, ce qu'il y a de plus extraordinaire, c'est que Madame tomba amoureuse d'un cabotin, affreusement grimé, faisant Rodin, ce type éton-namment humble qui vivra aussi longtemps que Tartufe de l'inimitable Molière, et que le lende-main elle lui donnait rendez-vous par une lettre mignonnement écrite sur papier du Japon, pas-sionnément stylée avec des Ah! et des Oh! et des restrictions, et des soupirs, et des phrases troublantes et lascives comme des caresses. Elle y racontait son passé en quelques lignes, et la monotonie de sa vie, et ses espérances : tout cela enveloppé d'un parfum grisant et lourd.

Rodin n'eut garde d'y manquer, croyez-le bien ! Malheureusement cela ne dura que peu de temps, car Madame s'en fut rejoindre, en Nor-mandie. Monsieur qui ne saura sans doute ja-mais que Rodin c'était.... mon frère.

LA VALINCE, LA BELL' VALINCE !

Mon ami Alex et moi nous faisions bourse commune, et chacun, à son tour, en était le dépositaire.

Un beau matin, il m'arriva.

— Je n'ai plus le sou, le nouvel an approche et j'ai promis des étrennes à Louise. Dans quel état se trouve la caisse ?

— A sec, répondis-je.

— Les poches ?

— Vides, hélas !

— Diable ! moi qui professe pour le vide la haine que lui portait jadis Dame Nature ! Je la veux remplir, moi, la caisse !

— Comment ?

— Fondons une *Société anonyme....* capital plusieurs millions. Louons un splendide appartement que nous ferons meubler par quelque tapissier accommodant et...

— Et les prospectus alléchants qui les paiera?

— L'imprimeur de ton journal ne pourrait-il nous accorder quelques années de crédit?

— A propos de journal, j'ai 42 fr. encore à toucher pour ma guerre d'Orient.

— Quarante-deux francs! C'est juste ce qu'il me faut pour monter une affaire superbe.

— Toujours... *Société anonyme...*

— Tu es fou. Ecoute. Nous louons un kiosque et nous vendons des oranges. Justement j'en connais un vacant, près de l'Ambigu. C'est un riche quartier, tu sais, nous ferons de l'argent. Est-ce entendu?

L'idée était trop originale pour que je ne la partageasse pas. Je passai au journal toucher mon argent et bientôt, mon ami et moi, nous étions près des Halles, en train de marchander le fruit doré, le beau fruit qui, s'il faut en croire les *petassages*, envoya, il y a quelques mois, un de nos compatriotes à *Borne-Ville*, en Normandie, d'une façon que ma chaste plume se refuse complètement à dé... non, à écrire.

Notre emplette terminée, nous nous rendîmes à la Direction des Kiosques retenir, pour quinze jours, celui remarqué par Alex, et, dès le lendemain, nous commencions la vente.

Bien entendu, cela se passait le soir, alors que le Paris-Travailleur cherche dans les distractions bruyantes, le repos de son labeur écrasant et que le gaz clignotte sous ses lunettes de verre ; à l'heure où les rumeurs lèchent les pavés, s'échappent des fenêtres closes, des boudoirs capitonnés, dégringolent des mansardes avec toute une suite de souffles, de sons naïfs qui vous bercent et vous emportent dans le passé, au temps du couvre-feu et des mignons musqués.

Certes, nous n'étions pas des vendeurs ordinaires.

Tout de noir habillés, cravatés de blanc, gantés de paille, — t'en souviens-tu, Alex ? — nous avions l'air de clercs de notaire en cérémonie, avec pourtant, — différence appréciable, — une pointe de crânerie qui nous seyait à en juger par la quantité d'acheteurs nous entourant.

A deux sous la Valince, la bell' Valince !

Que ce cri était donc beau, lorsqu'il éclatait goguenard au beau milieu de la foule pâmée ! Mon pauvre Georges en avait écrit la musique. A proprement parler ce n'était pas un cri, c'était une phrase musicale, leste et moqueuse, montant deux octaves d'un seul bond et retombant sur une note grave agrémentée d'un point d'orgue qui donnait à la voix une vague ressemblance avec le vol d'un essaim d'abeilles.

La bell' Valince à deux sous !

Allons, Mesdames, il y en a encore, il y en aura toujours !

Et le chant de la bell' Valince se faisait câlin, dodo, doux et tendre, enveloppeur, irrésistible.

Et les gros sous tombaient dans la caisse pour

chasser le vide que Dame Nature abhorrait tant jadis et nous plus encore, à ce moment-là.

Nous nous retirâmes des affaires avec 217 fr. 35 cent. de bénéfice.

. . . .

L'autre jour, en rangeant quelques papiers, j'ai retrouvé la musique de la bell' Valince.

Je l'ai ramassée bien soigneusement.

Qui sait? Peut-être pourra-t-elle me resservir quelque jour?

LA VALSE DE L'OR

Je l'avais connu au petit Cercle artistique que nous avions formé, *café de la Source*, un certain nombre d'amis et moi.

Il se nommait Georges Ruysdel.

A cette époque, il faisait son droit, pour lequel il avait une profonde aversion, uniquement pour plaire à son père, respectable bourgeois éprouvant pour *l'artiste* la haine traditionnelle, mais cela ne l'empêchait pas de se livrer tout entier à la musique, ni de suivre les cours du Conservatoire où il avait déjà remporté un 2ᵉ prix de violon.

Nous étions étroitement unis, bien que nous nous connussions depuis fort peu de temps. Explique qui pourra cette sympathie soudaine qui s'empare de deux êtres et les pousse l'un vers l'autre; moi, je ne puis que la constater!

Bien souvent nous passions nos journées ensemble, formant des rêves magnifiques, où l'avenir nous apparaissait superbe, semant l'or et sentant bon la gloire. Et cet avenir n'était dû simplement qu'à un opéra de Georges dont je devais être le librettiste !

Or, il arriva que je fus une semaine entière sans voir mon ami. Plusieurs fois je m'étais présenté chez lui, rue Oudinot, et le concierge m'avait toujours répondu qu'il était absent.

J'étais profondément inquiet.

Mille suppositions me passaient par la tête. J'étais trop certain de son amitié pour avoir à craindre son indifférence; aussi, un matin, n'y tenant plus, je me rendis chez lui de très bonne heure. Je le trouvai pâle, défiguré, son violon à la main, au milieu d'un désordre qui m'étonna d'autant plus qu'habituellement son appartement était admirablement rangé.

— Qu'as-tu? fis-je en lui tendant les mains. Pourquoi tous ces préparatifs de déménagement?

— Il y a, mon cher Jean, répondit-il, que dans une heure je vais me faire sauter la cervelle.

—.Ah çà, es-tu fou? Te suicider ! Et pourquoi? As-tu des dettes? Ton père te supprime-t-il ta maigre pension?

— Rien de tout cela, mon cher. Au fait, puisque tu veux savoir... écoute.

Alors, il commença de tirer de son violon quelques notes graves qui tombèrent, lourdes, dans le silence de la chambre. C'était comme le rugissement faible d'un fauve, comme la respiration ronflante de l'autruche au lever du soleil. Puis, les notes défilèrent lestes et chantantes, avec un accompagnement langoureusement original, parfois étrangement moqueur, qui sautait et retombait en arpèges superbes. C'était, après l'introduction solennelle, le prélude d'une valse fantastique où je commençais à deviner tout un drame.

Doucement ému, j'écoutais...

Toujours l'accompagnement exécutait ses fantaisistes cabrioles. Les notes allaient, vives et légères, du *la* au *mi*, du *mi* au *la*, déroulant toute une série de sons harmonieux et berceurs où passaient à chaque instant des bémols tendrement plaintifs. Pour moi c'était une conversation que j'entendais là : aveux brûlants et pressants ; demandes tremblantes : réponses faibles, faibles avec des soupirs dans la voix... et dans les mesures ; échappées de bonheur sur l'avenir dites en termes doux et câlins comme une caresse d'enfant.

Et toujours j'écoutais... mais la musique ne parlait plus d'amour ! Plus de serrements de mains frémissantes sous le frémissement des feuilles ! plus de baisers rouges sous la lune pâle ! plus de mystérieuses paroles dans le mystère obscur de la nuit ! Maintenant ce sont des tintements de métal, des chocs de pièces d'argent qui s'accouplent dans une gamme fiévreuse où le son clair de l'or vient quelquefois mettre des accompagnements de triangle.

O l'étrange musique !

Comme des fusées les notes partent, craquant en bruits métalliques, aigus et pleurnichards où le *sol* jette des colères courtes et grondeuses. L'archet va, vient, retourne, court, court, galope, chevauchant les cordes qui se plaignent, s'emportent, hennissent comme des cavales, hurlent un désespoir calmé à grand'peine par les tombées écrasantes des *rondes*. Puis cette grande colère s'apaise ; une douceur mélancolique reprend le dessus. On entend comme la chute d'un corps dans l'eau et tout s'éteint enfin dans un lamento endormeur : murmure infiniment triste.

— Comprends-tu maintenant ? me dit Georges. Je viens de te jouer *La Valse de l'Or*. Je l'ai composée avec un peu de mes nerfs et beaucoup de mon cœur.

— Cette valse est un chef-d'œuvre, répondis-je. Il y a de l'amour, de l'or et de l'affolement là-dedans, mais pourquoi ? C'est ce que je voudrais savoir et ce que je te prie de me dire.

Alors Georges commença un long récit entre-coupé bien souvent de sanglots. Il me raconta son amour pour une jeune fille qu'il avait connue au Conservatoire et dont les parents habitaient boulevard Montparnasse, un charmant hôtel. Il me dit l'affection profonde qu'il lui avait vouée : adoration perpétuelle éclose dans un cœur d'artiste, acceptée avec enthousiasme mais hypocritement rendue. Il dit la demande en mariage faite aux parents et la réponse ironique reçue : il fallait une position superbe, de l'or, beaucoup d'or !

Il me cria son désespoir, ses nuits passées à mordre son oreiller, ses souffrances atroces, son dégoût des choses, son écœurement de la société, puis il termina en disant :

— J'ai fait *La Valse de l'Or*, plainte suprême arrachée à mon âme par un amour insensé, toi seul l'auras entendue.

Et en prononçant ces derniers mots il déchira le papier sur lequel la musique de sa valse était écrite.

.

Pendant huit jours je ne laissai pas Georges un instant seul. Il avait parlé de suicide et comme je le savais ferme dans ses idées et très résolu, je craignais qu'il ne se débarrassât de la vie d'une façon aussi tragique. Je lui procurai quelques distractions qu'il parut partager; puis, quand je le trouvai suffisamment calme, je repris mes occupations, ne le voyant plus que le soir.

Il avait complètement abandonné la musique et passait maintenant ses journées à vaguer par les rues, ayant toujours l'air de chercher quelque chose. On ne le voyait plus à *la Source*. Insensiblement, il se fit très rare et, un beau jour, il disparut. Je le crus dans sa famille très étonné, pourtant, qu'il ne me donnât point de ses nouvelles.

Un an, deux ans, trois ans se passèrent.

Rien.

.*.

Il y a deux mois, me trouvant à La Rochelle
en compagnie de mon ami l'aqua-fortiste B....,
je traversais la Place d'Armes, lorsqu'un air de
valse me frappa.

Attentivement, j'écoutai.

Etrange! étrange!

On jouait *La Valse de l'Or*, mais l'exécution
laissait à désirer et les nuances n'étaient que faiblement accusées.

Je m'approchai du virtuose... c'était Ruysdel.
Il était ivre.

— Georges, toi, ici? et dans quel état?
m'écriai-je.

— Je ne m'appelle pas Georges!

— Comment, tu ne me reconnais pas? Je suis
Jean, tu sais bien, ton ami Jean de la rue Servandoni.

— Jean... Jean... Je ne me souviens pas, fit-il
en titubant. Payez-vous une absinthe?

. . . .

La liqueur verte avait achevé l'œuvre cruelle
commencée par l'amour.

LA FIN D'UNE TRAGÉDIENNE

La foule est une bête sans cœur.

Que mes lecteurs me pardonnent cette apostrophe sortie il y a quelque vingt ans de la plume indignée du regretté Alfred Delvau. Cette courte phrase est un soufflet qui vaut bien les autres — les vrais ! — et, pour ma part, je ne trouve rien de mieux à jeter à la face des détracteurs de l'artiste malade, en ce moment à Sainte-Adresse : la grande Sarah Bernhardt.

Certes, il me sied mal à moi, pauvre chroniqueur inconnu, de prendre ainsi la défense de l'illustre tragédienne ! Aussi ne me posé-je point en redresseur de torts. Sarah Bernhardt en tant que femme ne me regarde point. Je ne la connais pas. J'ignore l'heure de son lever, celle de son coucher ; je ne sais ni comment, ni de quoi elle vit. Combien a-t-elle eu d'amants, y compris

M. Richepin ? Est-ce pour la « lâcher » que l'auteur des *Blasphèmes* est parti à Terre-Neuve ? Je ne veux point le savoir : c'est affaire à son biographe ou à quelque future... Marie Colombier. J'abandonne donc la femme à la foule, mais, par exemple, qu'on ne touche pas à l'artiste ! je lui dois de trop bons moments pour la laisser insulter sans protester selon mes faibles moyens.

Or, journaux et public s'en donnent à plein fiel. Après avoir vomi sur la femme, ils bavent maintenant sur la comédienne. C'est une manière lâche et écœurante de prendre une revanche.

Sarah Bernhardt est géniale.

Sarah Bernhardt a tenu sous son regard noir, dompté rien qu'avec le murmure de sa voix et la puissance de son geste, non-seulement Paris, mais aussi la province, presque toute l'Europe, une grande partie du Nouveau-Monde ! Pendant dix ans, elle a, chaque soir, électrisé toute une salle, enthousiasmé tout un monde de spectateurs blasés, rendu doux messieurs les critiques : ces fauves à l'affût de tout talent qui cherche à se faire jour. Elle a posé son petit pied sur la gorge du public et l'a forcé à s'avouer vaincu. Le public, honteux d'avoir été ainsi terrassé, a juré de se venger et il le fait aujourd'hui... mais bassement, ignoblement. Il lui reproche, ce public sans cœur, le pain qu'il lui a donné, l'or qu'il a mis dans ses poches. Il se plaint, ce bon public, d'avoir été dupé.

Mais, malheureux, qu'est ton pain, qu'est ton

or, comparativement à l'émotion qu'elle a versé*
dans ta poitrine de bourgeois satisfait? Pour te
faire vivre un peu de notre vie à nous, pour faire
battre ton cœur ossifié, pour que tes nerfs réson-
nassent sous l'archet des frissons, pour secouer
ton indifférence, pour t'animer enfin, elle s'est
usée, elle a craché son sang décoloré par l'anémie,
elle s'est enfermée avec les folles, elle s'est tuée !

Et tu oses lui reprocher quelque chose !

Farceur de public, tu seras donc éternellement
le même !

Tu enverras donc toujours les Gilbert à l'hô-
pital, les Gérard de Nerval au suicide, les Géri-
cault à la misère, les Zola à l'égout d'où ils
cherchent à te sortir, les Rameau à l'inconnu,
les Sarah Bernhardt à... Sainte-Adresse.

Excellent public, va !

*
* *

La première fois que j'entendis Sarah Bernhardt ce fut au « Français ». J'étais jeune, bien
jeune. Je fus attiré, empoigné, complètement
subjugué ; la dernière fois, c'était à son passage
en notre ville.

Elle avait toujours sa même voix musicale,
pleine d'infinies variations, se faisant caressante
et douce comme un faible son de flûte, s'emportant, grondant, vibrant, craquant en notes indé-
finissables qui retombaient sonores, mugissan-
tes, tremblantes comme prises de peur. Par instant un changement étrange s'opérait, cette voix

devenait rauque, glapissante, puis larmoyante avec quelque chose de naïf, de rustique qui évoquait l'idée de pastorales du XVIIIe siècle véritablement vécues.

Oh ! la voix de Sarah qui me la rendra. Sera-ce toi, bon public ?

Je ne crois pouvoir mieux terminer cet article qu'en mettant sous les yeux de mes lecteurs le sonnet suivant, adressé à l'éminente actrice, lors de son dernier séjour ici, par un de mes bons amis :

Ce soir-là le « Français » nous donnait « Hernani ».
Vous faisiez dona Sol et vous étiez bien pâle.
Votre voix par instants, plaintive comme un râle,
Goûtte à goutte versait un murmure infini.

Votre regard avait des lueurs d'or bruni,
Vos cheveux se cambraient sous la houle du châle ;
Et, debout dans un coin, le front masqué de hâle,
Songeait lugubrement le superbe Banni.

J'ai depuis, bien souvent, écouté ce qui passe :
Les refrains des buissons, tous les bruits de l'espace,
Les chants de la cigale, et ceux du rossignol,

Mais, n'ayant rien trouvé d'aussi doucement tendre
Que votre voix, sublime et fière, dona Sol,
Pour la vingtième fois je veux encor l'entendre.

Comment il adveingt que messire Jehan de la Saulaie se fist comédien

En le temps ond Loys le unzième régnoit dessubs le beau thrône de France, vinst en la bonne ville de Nantes une troupe de bateleurs afyn de jouer les Saincts Mystères et toutes sortes de farces et soties novelles en le théâtre de la place Bretagne, dénommé... des Jacobins.

En l'hostellerie du *Soleil Levant* descendit ung samedy à la vesprée toute la troupe, composée de ung vieillard à barbe longue qui fesoit le rôle de Jehan le Baptistère et aussy celuy de Jehan frère de Christ, de ung homme moult âgé qui remplissoit celuy de Jésus, de plusieurs varlets tenant les personnaiges apostoliques, de une femme fesant la Vierge Marie et aussy mère l'Eglise et mère Sotte, enfin de une jouvencelle, blanche de visage, avecques une teste mignonnement frisottée, guarnie de beaux cheveulx dorés, une bous-

chette rose ond le malin dieu de Amor mettoit
souventefois de gracyeux souris, ung col ivoirin
issant d'ung jabot et de une fraise en dentelle.

Grand émoy se fict dans le quartier de l'hostellerie à l'arrivée des coches contenant et la
troupe et les ustensiles, couffres, boëtes dont be-
soing estoit pour la représentation desdicts Mystères et farces. Commères, dames de la Petite-
Hollande, drapiers, étuvistes, bourgeois, couls-
turières, parfileuses, truands de toute qualité,
courtisanes, tire-laines et honnestes gens s'es-
baudissoient, chantoient, crioient, se jetant les
ungs aux aultres mille devis plaisants, mille gail-
lardises qui fesoient rire largement le populaire.

— Hé, compère, viens-tu poinct vouer la
Saincte Vierge?

— Voire, l'ange me va mieulx, compaing.

— Que penses-tu du vieulx? tavernier de mon
cuœur.

— Il m'a tout l'air de estre de la confrairie de
Coquaige.

Et jusques à la nuict tombée ne s'entendist en la
rue que grivoiseries et rires, que rires et grivoiseries.

Le mercredy de la semayne qui s'ensuyvit se
euvrit le théâtre. Tout le matin, manants en
hauts-de-chausse et pourpoincts guarnis de bro-
deries diversements colorées, coëffés de larges
chapeaux avecques plumes de paon, avoient
sonné de la trompe et crié par la ville, en chaque
rue, en chaque place ce qui alloit estre joué à

la vesprée. Ce estoit la *Résurrection de Christ* avecques ung prologue novellement faict de une fasçon recréative et semblablement à ung sermon en trois poincts. Aussy y avoit-il grande presse à l'huis ond la gente damoiselle recevoit la monnoie. Es places les meilleures se voyoient le prévost des marchands tenant à la main ung beau mouchenez, en fine toile, parfumé à la rose ; maestre Trubalde le principal tabellion de la ville avecques dame Perrine son épouse. En ung coin, à dextre, quatre sçavants médecyns disputoient sur ung cas grave de cholique invetérée ; à senestre messire Jehan de la Saulaie, reguardant tout, ne voyant rien, attendoit avecques impatience le commencement de la pièce.

Poinct n'est besoin, chiers lecteurs, de vous conter par le menu la belle fasçon dont jouèrent et la Vierge, et Christ, et le Baptistère, et la mignonne pucelle qui par antithèse — le cuyde ains — fesoit Magdeleine la pécheresse. Ce estoit tant joliet, tant merveilleux, que ung chascun s'en fust ravy... et le pouvre Jehan de la Saulaie tout féru de amor pour la pécheresse.

Trois jours durant messire Jehan fist le chemyn de l'hostellerie au théâtre, du théâtre à l'hostellerie septante et une fois, sans parvenir a voër cettuy dont il souloit le cuœur.

De guerre lasse prist ung beau parchemin enluminé de personnaiges et de fleurs peincts en miniature par ung sien amy, peintre célèbre dé-

nommé Cloys Mignot et escripvit ce qui s'en-
suyt :

Damoiselle, ma mie,

*Adoncques par vos regards doulx ayant perdu
le boire et le mangier, viens cejourd'hui, chier
ange, vous supplyer de m'escouter. Je vous ayme
et cuydrois vous le dire à haulte voix. Le puis-je
faire, ma mie, et quand ?*

Je baise vos blanches mains.

Jehan.

Lors envoya devers la Magdeleine son varlet
avecques ordre de apporter réponse.

— Dictes à vostre maistre, fict la jouvencelle,
que me vienne voër, à l'heure du couvre-feu,
proche le *Soleil Levant.*

Ains que le pensez bien messire Jehan ne eust
guarde de manquer au rendez-vous. A heure
dicte treuva la Magdeleine à qui conta la flamme
qui lui ardoit le corps et l'âme.

A toutes ces belles chouses répondict la pucelle par ces seuls mots :

— Ne seray et ne puis estre qu'à ung comédien.
Le devenez et verrons.

. . . .

Preuve que Amor est bien fort ce est que la semayne ensuyvante messire Jehan de la Saulaie
fesoit Christ qui, ains que le dict la Saincte
Escripture, fust moult aymé de la Magdeleine.

CHEZ UN CÉLÈBRE D'AUJOURD'HUI

Aujourd'hui c'est un homme fort rangé, à tranquillité de bourgeois, — n'ayant, bien entendu, absolument que le calme de commun avec les représentants de la caste à laquelle nous devons M. Joseph Prudhomme, — mais, il y a quelques années, c'était bien le plus charmant boute-en-train qu'il fût possible de rencontrer.

Il occupait tout là-bas, boulevard Rochechouart, non loin du *Chat Noir*, alors à son début, un délicieux appartement meublé avec un goût exquis. Son atelier était bien l'un des plus vastes de Paris où il en existe pourtant pas mal d'immenses, non compris celui de mon célèbre compatriote Paul Baudry.

Presque tous les vendredis j'allais chez lui

passer ma soirée. J'étais toujours sûr d'y rencontrer des amis : Ruysdel, le peintre Tebout, le graveur Hiéreu, B..., un récent prix de Rome, Taxile, modeleur à la manufacture de Sèvres, Mme Roisdet qui a eu au *Châtelet* un commencement de célébrité, Mlle Camille T..., débutante à *Cluny*, puis ingénuité à la *Porte-Saint-Martin*, Mlle Ed..., un prix du Conservatoire qui, lorsqu'elle chantait, ne voulait être accompagnée que par le pianiste bossu Mar..., un type très drôle, arrivé actuellement s'il avait voulu tant soit peu travailler.

Quels délicieux moments que ceux-là ! Chacun y allait de son histoire et, comme les dames n'étaient pas prudes, peu importait qu'elle fût ou non graveleuse. Le maître de la maison qui connaissait à fond le Tout-Paris intelligent nous initiait, avec sa verve endiablée, à la vie ardente de la capitale, parlant de tout en homme possédant bien son sujet. Il fallait l'entendre nous dévoiler certains trucs de Bourse, les secrets des coulisses les moins abordables ; les dessous de quelques ateliers célèbres, et la mésaventure arrivée au compositeur D..., et le lapin posé au *critique influent* par une actrice très mince, et les infortunes conjugales supportées avec une résignation... trop chrétienne par un auteur très connu !

Puis, mon ami avait d'excellent tabac et faisait le café d'une façon merveilleuse que je n'ai rencontrée nulle autre part... qu'à Nantes, chez un homme qui a beaucoup voyagé.

Or, un lundi soir, je reçus le laconique billet suivant :

Mon cher ami,

Vous êtes attendu demain à six heures. Il y aura un costume pour vous. Faites provision de beaucoup de gaîté et munissez-vous d'un formidable appétit.

Bien à vous.

Jacques.

Ces quelques mots me plongèrent dans un étonnement au fond duquel je barbotterais peut-être encore... si je n'avais eu, — comme dirait l'excellent Joseph déjà nommé, — l'intelligence d'en sortir.

Six heures ! gaîté ! appétit ! je comprenais parfaitement tout cela, mais c'est le costume qui me rendait perplexe ! Un costume ? Pourquoi faire ? me demandai-je. Il faut croire que je me fis une réponse peu satisfaisante, car je mis brusquement le billet dans ma poche et j'allai me coucher.

Avouez qu'en pareil cas, chers lecteurs, vous en feriez tout autant.

A six heures, le lendemain, j'étais chez mon ami. Tous les invités s'y trouvaient et comme ils se connaissaient tous, la présentation, parfois si ridiculement banale, devenait superflue.

— Le dîner est servi, Messieurs ; seulement avant de nous mettre à table nous allons nous costumer. Passons dans mon atelier, il y a tout ce qu'il nous faut.

Personne ne fit d'objection, car on savait que si Jacques nous voulait *déguisés*, c'est qu'il avait probablement quelque raison pour cela.

Nous entrâmes dans la pièce brillamment illuminée et chacun se dévêtit pour endosser le costume qui lui était destiné.

— Tenez, des Saules, fit Jacques, prenez celui-ci, il vous ira bien.

— Que me donnez-vous là, mon cher, une soutane et un chapeau de Basile? Au fait, cela m'est égal, autrefois j'ai porté la robe... d'enfant de chœur.

Tebout était en pompier, Ruysdel en Espagnol, Taxile en page, notre hôte en sauvage... nature, la charmante Camille en carmélite, Ed. en bergère, Roisdet en Paraguayenne, Jeanne B. en Maraichine.

La conversation fut plutôt une suite d'éclats de rires qu'un échange de paroles. J'étais placé, naturellement, à côté de Camille et je vous assure que nous nous occupions fort peu de religion.

Le dîner terminé, le café savouré, il vint à quelques-uns d'entre nous l'idée d'organiser un quadrille. Justement, Mar... venait d'arriver. On s'empara de lui, on le plaça au piano et en avant la musique. *All right!*

Je renonce à vous dire ce que furent et cette danse et celles qui suivirent. J'eus alors l'explication de mon étonnement de la veille à l'endroit du costume. Il est des spectacles sur lesquels il convient de tirer le rideau : mes chères lectrices me sauront gré de le baisser sur celui-ci.

. . . .

A quatre heures, le bal était terminé et chacun rentrait chez soi.

DÉBUT DIFFICILE

Elles étaient sœurs.

L'aînée, institutrice, alléchée par les annonces galantes du *Figaro*, avait fait la connaissance d'un comte authentique qui l'avait lâchée brutalement, après l'avoir mise dans cette *position inté-ressante*, si bien définie par le langage énergique de mon pays.

L'autre, professeur de piano, était la maîtresse d'un *Val-de-grâce* dont elle avait eu un enfant, reconnu, alors en nourrice à Auteuil.

Je ne veux point, — comme le feraient assuré-ment certains de mes confrères, tirer une morale de la différence *procédante* du comte — à tout seigneur tout honneur — et de l'étudiant. Ce n'est point charité de ma part, ainsi que mes lecteurs pourraient le penser, c'est tout bonne-ment parce que cela m'éloignerait de mon sujet.

La maîtresse de piano portait l'harmonieux

nom de Milcale et demeurait avec sa sœur, non loin du Luxembourg, dans une rue tristement calme, passante à certaines heures pourtant, où presque toutes les maisons renferment des ateliers de peintres.

Je connus Milcale d'une singulière façon. — Je prie mes lectrices de ne pas donner à *connus* l'exégèse biblique. — Elle sortait... voyons, comment dirais-je?... l'espagnol est compris de tous! l'antiquité a fourni un mot que tout le monde sait!... c'est cela! vous avez deviné. Elle en sortait et, en se retournant tomba sur nous. J'avais oublié de vous dire que ce jour-là je promenais Louise, une adorable blonde que sa mère m'avait confiée à condition que je lui apprisse l'art de se bien conduire en société et celui aussi, non moins difficile, de poser des lapins, d'élever des lapins, veux-je dire! et de s'en faire trois mille francs de rente... ou plus.

— Tiens, c'est toi, Milcale?

— Louise!

— Chère belle, où vas-tu?

— A la recherche du plaisir.

Et patati et patata. Les langues allaient bon train dans le chemin des souvenirs. Moi je n'existais plus, j'étais totalement oublié.

— Voyons, Louise, hasardai-je, nous serons en retard.

— Ah! pardon... Ma chère, je te présente Monsieur des Saules, professeur de maintien et de bien d'autres choses.

Je m'inclinai.

— Mon cher Jean... Mademoiselle Milcale, maîtresse de piano... et d'un excellent garçon, ajouta ma malicieuse compagne en montrant ses dents blanches.

Contre mon attente, Milcale ne rougit pas. Elle se contenta de sourire en haussant les épaules, ce qui me permit d'admirer bien mieux un buste supérieurement conditionné.

— Viens-tu avec nous, Milcale, nous allons dîner à Saint-Cloud ?

— Ma foi, j'accepte... seulement, seulement.

— Seulement quoi ?

— J'ai peur de vous gêner.....

— Ah çà, mademoiselle, fis-je en riant, vous oubliez que j'enseigne les belles et bonnes manières.

*
* *

Le dîner fut délicieusement gai. La mère François, qui nous attendait, avait cuisiné quelques petits plats succulents, l'eau était du bon coin et le café buvable. Quelques verres de Chartreuse achevèrent de mettre la gaîté à son comble.

On ne peut pas toujours rire, n'est-il pas vrai ? c'est pourquoi la conversation devint sérieuse. Chacun parla de ses projets. Milcale me demanda si, en ma qualité de chroniqueur théâtral, je ne connaissais pas quelque directeur à qui je pourrais la présenter. Elle voulait à toute force monter sur les planches ; elle avait même suivi, à cet effet, pendant quelque temps, les cours de Talbot, seulement elle ne savait comment ni où débuter. Immédiatement je lui griffonnai quelques mots à l'adresse d'un de ces amis comme on en a tant à Paris, lequel était secrétaire d'un théâtre où les *jeunes* recevaient quelquefois bon accueil. Puis, comme il se faisait tard, nous retournâmes : Milcale, rue Saint-Jacques. Louise, chez sa mère, et moi, rue Servandoni.

Huit jours après, Milcale vint me voir.

— Ah! il est propre, votre ami, monsieur Jean. Il n'y met pas de formes, lui !

— Quoi donc? fis-je étonné.

— Il veut bien me faire admettre à son théâtre à condition que je l'admette à l'honneur... oui, oui, il a dit l'honneur! — de ma chambre. Je l'ai envoyé promener joliment, allez !

— Vous avez peut-être eu tort. Vous auriez dû le prendre par la... douceur.

— Vraiment? vous allez l'approuver vous aussi? Oh! ces hommes.

. . . .

Dernièrement, je lisais dans une feuille belge, les succès de Milcale au théâtre de Liège. A-t-elle trouvé des conditions de début plus acceptables ou bien a-t-elle fini par comprendre que le théâtre est loin, bien loin d'être l'école des mœurs ?

ÉTOILE TOMBÉE

La côte est longue et haute.

Le soleil chauffe et les nuages qui passent et le grand ciel d'outremer : gigantesque réflecteur incendiant la campagne verte.

La côte est rude. La voiture, traînée par un maigre bidet, monte à grand'peine. Hue ! hue donc ! et la lanière du fouet tombe et claque en mordant la peau.

Décidément, jamais il n'arrivera là-haut, le pauvre véhicule ! Il s'arrête. Un homme en descend et tirant sur la bride du cheval qui n'en peut mais, criant, sacrant, remet enfin la voiture en marche.

Oh ! qu'elles sont belles les journées de juillet pour le riche qui les passe dans le délicieux *far-niente* de sa maison de campagne perdue, tout là-bas, sur les côtes de l'Océan, au milieu d'un bois superbe où l'orchestre des bouleaux plaintifs, des grands hêtres, des sapins grêles, des peupliers élégants, dirigé par la brise, soupire toutes les berceuses de son répertoire ! Qu'elles sont doucement énervantes ces heures chaudes qui versent, — échansons d'amour, — leur électricité faible dans les veines de cette adorable blonde, assise sous la charmille, rêvant à la possession légale de l'amant idéal qu'elle attend avec toute l'impatience de son cœur aimant et toute l'ardeur ignorante de ses sens !... Mais pour le pauvre qui peine, qui gagne un morceau de pain noir à la sueur de tout son corps, qui reste douze heures chaque jour exposé aux piqûres lancinantes du grand soleil rouge, qui n'a, pour calmer sa soif, que l'eau tiède des mares boueuses où grouille tout le peuple des bestioles amoureux des végétations glauques et perfides, les journées de juillet ont des épuisements terribles capables de détruire l'organisme le mieux constitué.

La côte, zigzaguant, ondulant, avec sa longueur interminable de vis sans fin, vient d'être franchie. A quelques cents mètres, le village, mosaïque de maisons blanches à toiture de tuiles ou d'ardoises, se détache en figures bizarrement géométriques sur les carmins, les violets fondus dans l'or pâle du soleil couchant. Des beuglements s'échappent des prairies, des cris d'oiseaux s'envolent des arbres, des susurrements s'élèvent des herbes hautes, cabrées sous la chevauchée vigoureuse du zéphir qui fraîchit à l'heure du cré-

puscule ; heure agréable entre toutes, et par les
griseries odorantes qu'elle distille et par les pâleurs adoucissantes dont elle lave les teintes crues
ensanglantant l'horizon.

La voiture est enfin arrivée à destination,
sur la place fauve, où des bandes de gamins
piaillent et se poursuivent. L'homme, après avoir
dételé son cheval qu'il a attaché derrière la voiture en compagnie d'une botte de foin, s'est mis
à table, c'est-à-dire qu'il s'est assis avec sa femme
et ses deux enfants, autour d'une marmite ébré-
chée contenant des haricots, ce plat économique-
ment hygiénique des pauvres gens, puis, cette
maigre pitance absorbée, il a pris un tambour de
forme antique, à voix éraillée, et s'est promené
par tout le village, coupant le silence tiède et
plein du chuchottement berceur des soirs de *ra*
et de *fla* tristes et pleurnichards, s'arrêtant parfois pour détailler le boniment de rigueur, pro-
gramme du beau spectacle qui va être donné
tout à l'heure.

Quelques bancs alignés dessinent sur la place
un vaste rectangle au milieu duquel un tapis,
usé en maints endroits, étale sa pauvreté en attendant de servir de scène ou de tremplin aux
artistes de la troupe. Au bout de pieux fichés en
terre des lampions à grosse mèche charbonnante
fument. Autour des bancs vides une trentaine
d'enfants et autant d'oisifs sont là, spectateurs
avides et impatients. La représentation commence par des tours d'acrobatie exécutés par les

enfants ; vient ensuite l'homme qui enlève avec les dents un baril posé sur un chevalet et couvert d'une quantité fort respectable de poids de fonte de 10 kilog. Des scènes comiques succèdent, et enfin la femme chante quelques chansons en vogue, entre autres la romance populaire : *L'Heure du rendez-vous.* Une quête faite par les enfants-comédiens produit une somme dérisoire, les lampions s'éteignent et chacun s'en va... excepté moi qui, ayant cru reconnaître dans la chanteuse une ancienne étoile de l'Eldorado à laquelle j'avais été présenté à Paris, voulais m'en assurer.

Je m'approchai de la voiture dont la porte était entr'ouverte. Au bruit de mes pas la femme se montra.

— Pardon, madame, lui dis-je, auriez-vous l'obligeance de répondre à la question que je vais me permettre de vous adresser ?

— Parlez, monsieur.

— N'avez-vous pas chanté à l'Eldorado, puis en quittant ce concert n'êtes-vous pas entrée aux *Joyeusetés* ?

— Que vous importe ?

— Je vous en prie, madame, répondez ! J'ai eu jadis l'honneur de vous être présenté par le compositeur Ruysdel qui vous a souvent écrit de la musique.

— C'est vrai, monsieur, je me le rappelle. Et qu'est-il devenu ce pauvre Ruysdel, on m'a dit qu'il était mort ?

— Moralement, oui, hélas !

— C'est absolument comme moi, monsieur.

Alors on parla du vieux temps. Je lui remémorai ses succès et ne lui cachai pas mon étonnement de sa situation actuelle :

— Un coup de cœur, fit-elle, une folie que je paie bien cher ! Figurez-vous qu'un jour je me trouvais au carrefour de l'Observatoire, près de Bullier, à regarder un homme qui faisait de véritables tours de force. Il me plut. Je le lui fis dire... et c'est aujourd'hui mon mari. Il doit être maintenant dans quelque auberge à manger notre maigre recette. C'est une brute que j'aurais, je vous le jure, quitté depuis fort longtemps, n'étaient mes deux enfants que vous voyez là, ces deux amours qui sont toute ma vie.

Je voulus, mais inutilement, lui faire accepter quelques secours.

— De vous, je ne veux rien, murmura-t-elle en pleurant.

L'amour-propre, chez cette infortunée, égalait encore l'amour maternel.

PARFUMS ET CLOCHES

A Gaetanne Pierson.

Dans le pays on l'avait surnommé *le brimbal-lur de cloches*, parce qu'il avait, en hiver, l'inoffensive manie de sonner les cloches de l'église à l'heure des offices.

Il était venu de Paris au printemps de 1875 et, depuis cette époque, il n'avait jamais mis le pied hors du village, vivant seul, ne voyant absolument personne, passant calme au milieu des caquetages et des moqueries bêtes que les habitants, avides de détails qui n'arrivaient jamais, ressassaient à son approche, de cet air stupidement gouailleur en usage chez certains farceurs de village : loustics dont le sac à malice n'est même pas cousu de fil blanc.

Il habitait, au coin d'une rue déserte, une petite maison basse à volets verts, entourée d'un jardin où ne poussaient absolument que des fleurs voilées par l'ombre d'un immense figuier cinquantenaire. Il passait là une partie des journées estivales à lire quelquefois, à rêver plus souvent encore.

On ne l'appelait que M. Jules, et pourtant sous ce nom se cachait un poète qui avait eu son heure de célébrité. Il est vrai que cela n'avait duré que fort peu de temps, car M. Jules avait un jour disparu de Paris sans crier gare. Les journaux s'étaient livrés à toutes sortes d'hypothèses : les uns assuraient que la cause de ce départ brusque venait d'un amour malheureux ; les autres prétendaient qu'une maladie de langueur, dont le jeune poète était mortellement atteint, l'avait forcé à quitter la capitale. Ce qu'il y avait, hélas ! de certain, c'est qu'un talent puissamment original disparaissait ; un Baudelaire neuf, d'une philosophie violemment réaliste enfermée dans des rimes ensorceleuses, l'émerveillement de toute la jeunesse littéraire, tombait à la mer.

Depuis qu'il était villageois M. Jules n'écrivait plus, mais cela ne l'empêchait pas d'être au courant de ce qui se passait dans le monde des lettres. Il recevait force revues, et c'est à l'un de mes articles sur les poètes contemporains, publié dans l'une d'elles, que je dus de faire sa connaissance. Dans cette étude j'avais nécessairement eu l'occasion de citer son nom, l'accompagnant de réflexions louangeuses bien méritées. Il daigna m'en remercier en me priant de l'aller visiter quelque jour : ce que je m'empressai de faire le samedi suivant.

Je fus admirablement reçu. Après son dîner qu'il me fallut partager, nous passâmes dans son cabinet de travail qui me frappa par son arrangement étrange et par deux meubles dont l'usage m'était totalement inconnu. Ces meubles n'étaient à proprement parler que deux espèces de fourneaux placés de chaque côté d'un bureau en vieux chêne dont la tablette était couverte de papiers et de brochures. M. Jules s'aperçut de mon étonnement et m'en tira presque aussitôt de la façon suivante : il ouvrit les portes des fourneaux, alluma la lampe à l'esprit de vin dont chacun était muni, enleva les planches de noyer qui leur servaient de couvercles. J'aperçus alors deux feuilles de tôle percées de trous sur lesquelles M. Jules se mit à ranger des flacons ouverts d'extraits d'odeurs. Tout le catalogue des parfumeurs célèbres était là représenté : *Parfum Royal, Ylang-Ylang, Opoponax, Héliotrope blanc, Fleurs de Mai, Violettes de Parme, Corylopsis, Ixora, Stéphanotis, Verveine, Spring flowers, New monn hay, Mousseline, Rose, Musc,* etc., etc. Il y avait de tout petits flacons contenant des essences précieuses venues de bien loin, des morceaux de résines odorantes, des poudres de toutes couleurs parmi lesquelles il m'en fit tout particulièrement remarquer une, de teinte brune, qu'il me dit être de la fiente de gazelle.

— Asseyez-vous là, fit-il au bout d'un quart

d'heure, en me plaçant un siège près de son bureau, et écoutez ou mieux respirez.

Indéfinissable !

Ah ! oui, c'était bien la chanson des Parfums,
la vraie, que j'entendais là ! mélodique dans les
couplets, chantés par le parfum chauffé de l'*Ylang-
Ylang* et coupés par le refrain en duo du *Corylopsis* et de l'*Opoponax* se perdant bientôt dans
le *tutti* odorant des voix parfumées. Oh ! les
suaves harmonies qui s'échappaient en bouffées
enivrantes où la faible fumée de l'encens volati-
lisé mettait un peu de mysticisme.

J'étais plongé dans un anéantissement délicieux que le haschich ni l'opium ne m'ont jamais
procuré. Des visions féminines passaient et re-
passaient devant mes yeux mi-clos. Une langueur
voluptueuse m'envahissait, égrenant toutes sortes
de sensations neuves dont je n'avais jamais eu
l'idée.

J'allais me trouver mal.... j'en avais cons-
cience, et pourtant, je ne faisais absolument aucun effort pour réagir contre.

Tout à coup, les chants cessèrent : M. Jules
venait de fermer les flacons.

Je respirai longuement.

— Ecoutez maintenant, fit-il.

Alors, il se mit à promener ses doigts sur le
clavier des flacons, ouvrant ceux-là, enlevant
ceux-ci pendant quelques minutes, puis, les
remettant en place pour les enlever encore.

Oh ! le bel instrument que l'orgue des par-

fums ! Quels registres étonnants il possède !
Voix céleste-Violette ; *Flûte*-Héliotrope ; *Cornet*-
Ylang-Ylang ; *Clarinette*-Spring Flowers ; *Tre-
molo*-Musc ; *Basson*-Verveine ; *Clairon*-Opopo-
nax ; *Cor anglais*-Corylopsis, etc., etc. Mais pour
s'en servir, quel habile musicien il faut être !

Brusquement les parfums devinrent muets :
M. Jules venait d'éteindre les lampes.

— Vous connaissez la chanson des Parfums, il
vous reste maintenant à apprendre celle des Cloches, chanson qui, dans le village, me fait passer
pour fou. Justement, c'est demain dimanche, je
vous la ferai entendre, car depuis mon séjour
ici, j'ai obtenu, de notre curé, la permission de
remplacer son sonneur lorsque cela me fera
plaisir. Mon grand regret, à moi, est de ne pouvoir en jouir, car pour que le chant des cloches
produise tout son effet, il faut qu'il soit entendu
de loin, et, comme je n'ai pas le don d'ubiquité,
je ne peux être à la fois et dans le clocher et dans
la campagne.

Le lendemain, nous déjeûnâmes de très bonne
heure et nous rendîmes sur une route toute nue,
taillée dans d'immenses prairies vertes où le soleil jetait des paquets de lueurs jaunes. A notre
droite, un bouquet de sapins clair-semés se déta-
chait en noir sur le ciel de cobalt.

— Entrons là, fit M. Jules. Il est dix heures.
La messe commence à sonner, et vous pourrez
tantôt juger de la différence existant entre ma
manière de sonner les cloches et celle du rustre

qui les *brimballe*, — pour me servir du mot usité dans le pays — en ce moment.

Din don, din don, din don.

Triste nous arrivait l'appel des fidèles.

Din don, din don.

Si larmoyant était le son! il rayait l'air de vibrations si lugubres que je ne pus m'empêcher de le faire remarquer à M. Jules!

— Cela tient, d'après la légende, me dit-il, à ce qu'un homme est tombé dans le bronze en fusion lorsqu'on a coulé la grosse cloche. Il existe sur une de ses faces quelques raies blanches que bien des personnes assurent être dues aux os du pauvre fondeur.

Din don, din don.

Véritablement la cloche pleurait. Elle pleurait des larmes sonores roulées, emportées, perdues dans les ondes que leur chute amenait vers nous.

Din don, din don.

— Ce sera mon tour à deux heures, me dit tout bas M. Jules. Vous verrez!...

A deux heures je reprenais ma place dans le bouquet de sapins et le regard inconsciemment porté sur les vagues dessins accrochés à l'horizon, songeur,... j'écoutais.

Je n'attendis pas longtemps.

Din, din, din, din.

Digue don, digue din don.

Din, din, don ; din, din, don.

Je n'en croyais pas mes oreilles. Eh ! quoi, les pieuses cloches chantaient des mesures de valse !

Je me figurais les cordes frétillant comme des queues de chat, montant, descendant, tournoyant ainsi que les sorcières au sabbat... Seulement cette valse n'était guère joyeuse ! Elle allait lente, lente, avec des couppetées lourdes qui remuaient profondément l'âme et la plongeaient dans une mélancolique rêverie.

Din don digue din don.

Tout près de moi les fils du télégraphe bourdonnaient étrangement, les sapins geignaient et, dans le lointain, la locomotive d'un train en marche crachait avec de la vapeur qui s'éparpillait en poussière blanche, des sons graves m'arrivant comme des plaintes. Parfois un aboiement rauque sortait d'une ferme.

Et toujours les cloches chantaient leur éternel refrain, digue don, digue don don don, mais les intonations étaient à présent différentes.

Elles semblaient se livrer à des ébats profanes ; elles chantaient un refrain grivois, les saintes cloches ! mais cette gaieté ne durait guère... la tristesse reprenait bientôt le dessus.

Din, don din, don.

Et voilà que les battants ne frappent l'airain que faiblement. On dirait les tombées d'un glas, quelque chose comme une marche funèbre murmurée par des basses.

Les émotions secoueuses de la veille à nouveau s'emparent de moi. Et toutes les journées de l'enfance heureuse défilent avec leurs souvenirs pleins d'amers regrets.

Les fils du télégraphe sont muets, les sapins dorment, le train est bien loin et les fermes restent silencieuses.

Et, malgré moi, je pleure de grosses larmes douces qui roulent, chaudes, sur mes mains.

Oh ! la chanson des Parfums !

Oh ! la chanson des Cloches !

. . . .

Je partis sans revoir M. Jules.

AMOUR !

—

A E. Lemé.

Il était absolument nécessaire qu'il partît. Cet amour sans espérance le tuait. Pourtant il se sentait bien faible encore, et de longtemps il ne pourrait reprendre son pinceau. N'importe, il préférait les souffrances physiques aux tortures morales qu'il endurait depuis quelques jours.

Appuyé au balcon garni de lierre de sa fenêtre, il songeait, l'œil perdu dans l'enlunement de la campagne.

Il était tard.

Les vagues rumeurs de la nuit lui arrivaient faibles et confuses, glissant entre les feuilles des arbres du grand parc avec la brise curieuse de voir les nids endormis. La musique des longs crépuscules de l'été se prolongeait indéfiniment, coupée çà et là par des pauses irrégulières enveloppées d'un silence irrésistiblement charmeur. Parfois, un cri bruyant et sec pointait une note aiguë dans le symphonique et nocturne murmure. Le grand ciel, teinté de vert-lumière, était vide d'étoiles ; seule la lune, courtisane abominablement fardée, y faisait son quart habituel, raccrochant au passage quelques nuages noctambules et les entraînant avec elle partout où la conduisait sa fantaisie : au-dessus des bois, dans les prairies, aux carrefours où vers le minuit commence la danse sabbatique des sorcières, au bord des étangs noirs où les lavandières fantastiques tordent et frappent, en guise de linges, des cadavres d'enfants.

Il songeait au passé.

Il se revoyait à Paris, dans son modeste atelier de la rue d'Assas, le jour où M. le comte de Faugerie était venu lui demander s'il voulait peindre quelques panneaux dans son château des Sorgues, en Vendée. Il n'avait eu garde de refuser ! Il se rappelait ses préparatifs de départ, puis son arrivée aux Sorgues où l'attendait le sympathique accueil de M. et de Mlle Jeanne de Faugerie, une délicieuse rousse comme il n'en avait jamais... peint. Quelques jours après, il avait commencé son travail par le plafond de la chapelle, mais hélas ! un matin, il était tombé d'un échafaudage, se brisant une jambe. On l'avait relevé presque mort, et les premiers soins lui avaient été donnés par Mlle Jeanne à qui l'art de guérir n'était pas étranger.

Une fièvre terrible l'avait, pendant quinze jours, tenu entre la vie et la mort, l'accablant de cauchemars et de délires dont il n'avait, à présent, aucune souvenance. Pourtant, il se remémorait vaguement une femme assise à son chevet, le consolant, l'encourageant, prenant dans ses petites mains fraîches et douces ses mains moites de malade et cette femme ressemblait à Mlle Jeanne.

La fièvre avait enfin cédé. La cassure de la jambe était en bonne voie de recollement, le malade entrait en convalescence. Alors, il se souvenait avec infiniment de plaisir, des longues causeries avec sa jolie garde-malade, de leurs discussions sur les arts, puis, lorsqu'il avait pu descendre, des bonnes heures passées au salon, à écouter la tremblante voix de la jeune fille ou les brillants accords qu'elle tirait en habile musicienne d'un magnifique Pleyel, et, plongeant plus avant dans le gouffre des souvenirs... sa douleur, infiniment profonde, en s'apercevant qu'il adorait Jeanne... c'est-à-dire l'*inaccessible*.

. . . .

Il songeait à tout cela, se promettant bien de partir sans retard, afin de guérir son pauvre cœur du mal dont il souffrait déjà sensiblement.

Il ferma sa fenêtre, se coucha, mais ne dormit point.

Au dehors, en face de lui, la lune valsait avec les nuages, passant des bras de l'un aux bras de l'autre.

. . . .

Le lendemain, dans l'après-midi, il était assis à l'ombre d'un immense marronnier, pensant toujours à son amour, lorsque Mlle de Faugerie parut.

— Eh bien, monsieur Bruys, comment avez-vous passé la nuit?

— Je vous remercie, mademoiselle, parfaitement. Seulement, comme il ne m'est pas possible de reprendre mes travaux d'ici à quelque temps, j'ai l'intention de vous quitter et d'aller achever ma convalescence chez ma vieille mère.

Une rougeur subite monta au front de la jeune fille.

— Vous ne partirez pas, monsieur Raoul. C'est impossible !

— Il le faut absolument, mademoiselle; depuis assez longtemps déjà, je vous suis une charge.

— Oh ! monsieur, que dites-vous là? Est-ce la façon dont vous êtes traité ici qui vous fait émettre une semblable supposition ?

— Tout le monde est très bon pour moi, mais je dois partir.

— Voyons, monsieur Raoul, vous avez un motif pour vouloir nous quitter ainsi brusquement. Dites-le moi?

Et Mlle de Faugerie prit place sur le banc à côté de l'artiste.

Pendant quelques minutes un profond silence régna.

Il faisait lourd.

C'était l'heure des énervements favorables aux

voluptés brutales. Avec le soleil il tombait une langueur absorbante qui mâchait les os et mettait des frissons par tout le corps. Puis, pour augmenter ce désordre, les fleurs du jardin soufflaient des odeurs lascives qui s'accrochaient à l'épiderme, le démangeant de prurits lubriques. Dans le lointain, des bruits étranges bourdonnaient berçant les pensées et les volontés dans un va-et-vient monotone et endormeur. La nature avait, ce jour-là, juré de taquiner les vertus, même les plus farouches : gare aux vierges ! Satan n'aurait que peu à faire pour les mener à mal.

O les poisons pervers des journées torrides !

Pas un seul cri d'oiseau, pas un souffle ! La campagne était morte. La brise, sans souffle, épuisée, fatiguée d'avoir, tout le matin, lutiné les herbes vertes, s'était couchée dans l'étang qui, à cette heure, flambait comme un miroir.

Et dans cet affollement, dans ces désirs haleinés par toutes les choses, Mlle de Faugerie et Raoul étaient là, côte à côte, presque les yeux dans les yeux, presque les mains dans les mains.

Tout à coup, Raoul, chancelant, tomba à genoux.

— Je vous aime, Jeanne ! fit-il à voix basse.

Et des pleurs sortirent de ces grands yeux noirs.

Il resta ainsi quelques minutes, puis, faiblement, il dit encore :

— Oh ! pardon, pardon ! Je suis fou, je suis

fou ! Ma tête se perd ! Si vous saviez ce que je souffre ! Vous vouliez savoir le motif qui m'oblige à partir,... vous le connaissez maintenant. Je vous en prie, ne m'en veuillez pas !

Il lui avait pris les mains et les couvrait de baisers rouges qui s'envolaient avec un semblant de battement d'ailes. Et des larmes se mêlaient aux baisers ! Et dans la quiétude du jardin un orage, amoncelé dans deux âmes, allait éclater dans deux corps !

Jeanne haletait. Un oppressement inexplicable lui brisait la poitrine. Quelque chose de doucement tendre montait, montait, montait, l'envahissant et la prenant tout entière. Et comme Eve qui devint savante en mordant à la pomme, elle comprit que la sympathie qu'elle avait éprouvée pour l'artiste... était de l'amour.

L'amour ! cette chose exquise, connue — dit-on — de tous, mais comprise seulement de quelques-uns !

L'amour !... non pas la calme affection des bourgeois placides, mais bien l'amour rutilant, incendiaire, comme nous l'éprouvons, nous, les chercheurs d'idéal, les assoiffés de jouissances invécues... en un mot l'*amour artiste*.

Jeanne, brusquement, lui passa ses bras autour du cou et posant ses lèvres sur celles du jeune homme, ivre d'amour, vaincue, murmura :

— Je t'aime !

. . . .

Les oiseaux chantèrent, la brise sortit de l'étang, les feuilles bruissèrent, la nature se réveilla pour accompagner le duo d'amour chanté par Jeanne et Raoul.

. . . .

— Tu ne pars plus, n'est-ce pas, mon Raoul adoré?

— Si, ma Jeanne, car jamais ton père ne consentira à notre union.

— Peut-être! mon père m'aime tant qu'il me voudra heureuse... même avec toi. Puis, tu le sais, il se moque un peu de sa noblesse!

— Non, ma mignonne chérie, ce mariage n'est pas possible. Donne-moi tes lèvres, que j'y écrive mon adieu.

— Raoul, je t'aime, tu ne partiras pas... ou je te suivrai.

. . . .

Trois mois après, le *Figaro* annonçait, comme une mésalliance incroyable, le mariage de Mademoiselle de Faugerie avec le peintre peu connu Raoul Bruys.

ENTERREMENT DE COURTISANE
==========================

———

C'était rue des Quatre-Vents, en face les *Quat'ẓ'F*, établissement jadis bien connu de la gent étudiante et de certains joueurs... libertins qui s'y rendaient par une maison de la rue Saint-Sulpice y communiquant, sous prétexte de tailler un bac que la police interrompit en 1877, si ma mémoire ne me fait pas défaut, en causant un véritable scandale, scandale bien justifié, d'ailleurs, par la haute qualité et les mœurs, publiquement *irréprochables*, des habitués de ce tripot.

C'était rue des Quatre-Vents.

Il faisait un temps splendide.

Juin, infatigable Juif-Errant, marchait à travers les heures, semant du soleil ou de la lune à pleines

rues, incendiant d'abord les places où grouille le
Paris-Travailleur, puis, insensiblement, rem-
plaçant la dorure du grand jour par les chatoie-
ments verdâtrement nikelés de la nuit, des nuits
parisiennes, affadissantes, délabrantes avec leurs
orgies inavouables. Ces nuits, l'épouvantement
de la pensée qui ose contempler les misères et
sonder le gouffre où sommeillent, écrasés par des
cauchemars épouvantables, les déshérités, les souf-
freteux, la glèbe besoigneuse. Ces nuits où veillent
les repus, les affamés de plaisirs inconnus, les criminels et les bohêmes qui s'en vont, longs et mai-
gres, déambuler par les ruelles à la recherche de
rimes sonores qu'ils enchâsseront avec amour
dans des strophes qui ne seront jamais lues!

La rue était vide.

Seul, un corbillard attelé de deux chevaux éti-
ques conduits par un énorme cocher, attendait
une proie à la porte de la boutique à plaisir.

Un cercueil sortit bientôt de l'encadrement de
tentures noires et fut jeté dans la voiture.

La porte se referma et le corbillard partit au
pas, suivi seulement d'un homme jeune encore,
à figure hâve, marbrée de plaques bleues, à vêtements effilochés.

Ce spectacle me navra.

Certes la brocanteuse d'amour était morte
comme elle avait vécu, en déclassée. On allait
l'enterrer, l'enfouir comme une chienne, et ce
n'était que justice. Cette réflexion sensée ne me
vint point à l'esprit et ce fut sans doute pourquoi

j'accompagnai, là-bas, jusqu'au bout de la barrière d'Italie, celle qui, vivante, avait vendu, pour de l'or et du mépris, ses baisers, ses frissons, ses pâmoisons, à toute une foule gourmande et bestiale.

Peut-être y avait-il autre chose qu'un simple motif de curiosité! J'ai toujours eu — est-ce parce que j'ai beaucoup souffert? — de la sympathie pour les parias que la société renie sans examen, et, bien souvent, j'ai été à même de constater que ce sentiment de profonde commisération avait été fertile en bons résultats. Il existe, même chez les plus pervers, une fibre sensible qu'un attouchement délicatement prolongé, fait vibrer encore parfois.

Le corbillard s'en allait, doucement, doucement, écrasant des rayons de soleil, titubant et chantant sur le pavé rugueux toujours la même note sourde et monotone. Près de nous, des groupes passaient, causant haut, riant, faisant en se découvrant des remarques déplacées. Dans le lointain les toits reluisaient sous les flambées jaunes de la vitrerie des fenêtres et des châssis.

Et côte à côte, l'homme hâve et moi, nous marchions silencieux.

Tout à coup, il me prit le bras.

— Vous la connaissiez donc, vous aussi?

Et il retomba dans son mutisme.

Ah! quel enterrement triste!

A chaque instant des regards, curieusement étonnés, semblaient nous questionner, trouvant étrange que deux personnes seulement accompagnassent ce mort.

Le corbillard et les croquemorts se détachaient en silhouettes lugubrement ironiques sur le fond rutilant de l'horizon. Autour de nous il pleuvait de la poussière lumineuse, des cris d'oiseaux, des bruits de voix et de chansons qui insultaient à mon ennui. La nature aurait dû, ce jour-là, se vêtir de gris et la coquette avait sorti ses vêtements roses et tous ses bijoux. Son éblouissement m'agaçait.

Calme, le corbillard marchait dans cet éblouissement.

Nous approchions.

De chaque côté de la rue des marchands d'objets funéraires se montraient, achevant leur étalage, nous toisant d'un air dédaigneux.

— Et pas un sou pour lui acheter une croix ! murmura mon voisin.

— Tenez, fis-je, en lui tendant quelques pièces d'argent.

— Non, je ne puis accepter, merci, monsieur.

— Prenez, insistai-je, nous causerons tout à l'heure.

Il entra dans une boutique et en sortit quelques minutes après avec une croix de bois et une couronne d'immortelles.

Le corbillard avait ralenti sa marche et voilà que l'essieu s'était mis à grincer d'une désagréable façon : on eût dit d'un animal qu'on égorge.

Brusquement la voiture mortuaire s'arrêta. On était rendu.

Partout des croix et des tombes ! Croix de bois blanches à filets noirs, croix de marbre poli, croix de granit, croix de fonte, massives, ouvragées, garnies de feuilles en relief qui montent du pied et retombent sur l'un des bras, tombes monumentales, villas où la Mort vient de temps en temps en villégiature, et tombes toutes simples formées d'un entourage de bois peint ; tombes de marbre mordues de lettres d'or racontant la vie du défunt : biographie courte et toujours élogieuse ; puis, là-bas, quelques larges places toutes nues où s'entassent les milliers de cadavres ne pouvant payer leur entrée aux places réservées. Et tout cela est enveloppé de cyprès vert-bouteille, de saules-pleureurs courbés comme des centenaires et de fleurs où le vent des nuits vient pleurer sur les morts !

Le cercueil fut précipité dans la fosse ouverte.

Un bruit de chute.

Un bruit de sanglots.

Ce fut tout.

La vendeuse d'amour allait livrer pour rien tous ses charmes aux vers.

— Eh bien, fis-je à mon compagnon, quelle était cette femme que nous venons d'accompagner?

Il me regarda drôlement.

— Je vous en prie, ne me faites pas cette question ! Je souffre profondément, car j'aimais cette créature. Vous savez peut-être aussi bien que moi le motif qui l'a poussée à s'abîmer dans la fange où elle a vécu, où elle est morte.

— Je vous jure que je ne sais absolument rien.

— Alors vous avez suivi son cadavre par simple curiosité, pour voir comment s'enterrent les pauvres,... les méprisés? Un bien joli spectacle, n'est-il pas vrai !

Il me prit les mains qu'il serra avec force.

— Oh ! écoutez. Elle était peintre sur porcelaine, moi je collaborais à la « *Vérité* ». Depuis quelques années déjà nous habitions une délicieuse petite maison à Montrouge, impasse du Chemin des Plantes. J'allais au journal de sept heures à onze heures du soir. Nous vivions très heureux. Une fois, fatigué, je rentrai presque aussitôt mon départ... Louise était avec un homme,... son amant ! j'en avais la preuve. Je la chassai... Je ne la revis plus, mais sa pensée toujours me hantait. Je l'aimais tant ! Je ne travaillai presque plus et je vécus au jour le jour, comme maintenant. Un soir, il y a trois mois environ, ayant en poche l'argent d'une chansonnette vendue 25 francs à un éditeur, j'entrai aux *Quat'z'F*... Elle était là, monsieur! elle était là parmi toutes ces femmes dont les unes chantaient! elle était là, dans les vapeurs bleuâtres des cigarettes, belle toujours, dédaigneuse. Je courus à elle... Elle me repoussa en me fouettant de paroles dures, mordantes, corrosives comme du vitriol.

Je pleurai comme un enfant, je suppliai comme un lâche.

Et les femmes riaient, se tordaient, se pâmaient, se jetant des plaisanteries grossières dont j'étais l'objet : « Est-il drôle, cet animal-là ! » — « Ce qu'il est renversant ! » — « Non, je t'en prie, assez, tu vas me faire éclater ! »

Il paraît qu'à la fin je devins insupportable, car un garçon me jeta à la porte.

Et depuis, tous les soirs, je suis venu rôder autour de cette maison maudite. Maintenant, je n'y retournerai plus : demain j'irai rejoindre Louise.

DANSEURS

I

A M. et Mme Roux.

Il faisait ce soir-là très froid à Yaska, village de Croatie, où le gymnasiarque Smetbaba et sa femme venaient de donner, sur la petite et unique place, une courte représentation.

On était au mois de novembre 1860 et la neige avait, depuis quelques jours, fait son apparition, couvrant les maisons, les arbres et les rues de fourrures blanches où les rares rayons d'un soleil pâle venaient se blottir, jouant comme de jeunes chats dans cette hermine sans tache.

En rentrant à l'hôtellerie où ils étaient descendus, les époux Smetbaba trouvèrent une petite fille de sept mois que ses parents avaient presque abandonnée. Pris de pitié, les pauvres gens demandèrent à adopter et adoptèrent la petite Joséphine Juratovich qui prit le nom de son père d'adoption.

C'était une mignonne enfant, joufflue, toute rose, à sourires fréquemment délicieux découvrant deux fossettes, profondes à contenir des milliers de baisers ; un *baby* modèle, ne pleurant jamais et toujours prêt à donner, à pleines petites mains, ces caresses enfantines dont les pères sont si avides.

Elle grandit, grandit, au milieu des défroques de toute espèce contenues dans la voiture ambulante, passant les heures vides de sommeil à remuer les oripeaux dont les paillettes lui faisaient pousser de petits cris admiratifs, regardant, sans oser y toucher, le tambour à peau noircie par l'usage et le long instrument de cuivre pendu à un clou, dont le père Smetbaba tirait des sons fortement nazillards qui lui faisaient peur.

Elle grandit, grandit et le jour où elle put se tenir sur ses petites jambes, la mère Smetbaba lui découpa, dans une paire de vieux bas roses, un superbe maillot avec lequel on la présenta au public.

Le supplice de la dislocation commença.

Ces massages, ces renversements de membres furent faits, il est vrai, avec des précautions infinies, des attentions bien rares chez les saltimbanques peu suspects de sensibilité. Le père et la mère Smetbaba accompagnaient leurs leçons de paroles si tendres, de caresses si douces que les répétitions étaient plutôt un jeu qu'un ennui pour la petite Joséphine.

On travaillait dur, par exemple ! tantôt sous la toile du grand ciel tacheté de la Bohême et de la Hongrie, tantôt sous l'outremer cru de l'Italie et de la Grèce, en plein rougeoiement de soleil, à la tombée du crépuscule, sous les chlorotiques pâleurs de la lune : ici, dans l'abondance ; là-bas grignottant un morceau de pain dur, avec, pour boisson, le vin... des nuages et des sources.

L'enfant avait maintenant huit ans.

Du matin au soir, elle roucoulait des chansons étranges sur des airs plus étranges encore, mais cette gaîté bruyante faisait parfois place à une tristesse subite et profonde.

Par les belles soirées, l'enfant, la représentation terminée, s'asseyait quelque part dans la campagne, et là, l'œil noyé dans le vague, elle paraissait écouter la musique enivrante et parfumée des nuits exotiques. Peut-être songeait-elle à quelque chose d'insaisissable à son esprit affamé d'inconnu ! Nature ardente, elle aimait ces courses errantes de village en village : c'était un peu de la vie sauvage qui convenait à son tempérament de Bohémienne. A vivre ainsi, librement, *gymnastiquement*, sa taille s'était développée, ses membres avaient pris de solides proportions. Ses yeux d'un bleu changeant, aux reflets métalliques, avec un point visuel étonnamment prononcé, perçaient l'obscurité. En attendant d'être femme, elle était chatte avec toutes les souplesses, toutes les ondulations câlines des fauves.

Les habitants des déserts, les tribus nomades, qui sont, pour nous, comme les reflets des races primitives, ont de ces contemplations inexplicables, de ces rêveries engloutissantes. Pour certains, cela tient à des causes atmosphériques, mais, il nous semble, à nous, que ces absorptions de l'individu — enfant ou vieillard — par l'Infini, ne sont dus qu'à la fermentation continuelle de cette poésie inconsciente et latente chez l'homme du grand air.

A force de travail et d'économie, le père Smetbaba parvint à organiser une troupe de gymnastique et de pantomime dont il fut naturellement le directeur. La petite Joséphine y faisait les « Jeux Icariens, » puis, plus tard, elle apprit le trapèze d'équilibre : travail qui consiste à monter à une échelle ou s'asseoir dans une chaise placées sur un trapèze mobile.

En 1870, la troupe Smetbaba quitte Constantinople pour Vienne, où elle reste un an. C'est pendant cette année que Joséphine prit des leçons de danse, non pour devenir danseuse, mais pour obtenir la grâce et la souplesse nécessaires à une bonne gymnasiarque. On retourne à Constantinople. La troupe Smetbaba prend une grande importance et acquiert une brillante et solide réputation qu'elle augmente encore en France, où elle arrive en 1876. Elle fait divers engagements en province. On la retrouve à Paris, à l'exposition de 1878, aux *Folies-Bergères*, *Ba-ta-clan*, *La Scala*, *La Ruche*, puis en 1879, elle débarque à Bruxelles où l'on monte une grande féerie. Joséphine devait faire la *Mouche d'or*, créée à Paris, par miss Enéa. A la répétition générale, un fil, qui la soutenait, cassa subitement et la pauvre artiste tomba sur la scène d'une hauteur de 8 mètres. Elle fut relevée presque morte, les membres brisés, la figure pleine de sang.

On juge de la douleur du père et de la mère Smetbaba !

Les camarades étaient consternés.

Les soins les plus délicats, les plus touchants furent prodigués à la jeune artiste qui passait souvent d'un délire épouvantable à un calme, à un abattement si complets qu'on eût dit la mort. Enfin le mal s'apaisa, les os broyés se soudèrent et la convalescence s'annonça : convalescence pleine de joies et de rires, de bonheur et de chansons. Le père Smetbaba quittait le moins possible sa fille adoptive, la criblant de facéties de clown intelligent, lui chantant des mélopées endormeuses comme nos berceuses vendéennes, lui racontant toutes les nouvelles, tous les bruits du jour, la consolant, l'enveloppant de caresses, la grondant bien fort lorsqu'elle manifestait l'intention de reprendre ses exercices, s'emportant quand elle voulait faire quelques pas dans la chambre sans le secours d'un appui, jurant comme un païen lorsqu'elle faisait semblant de refuser les fleurs qu'il lui apportait chaque jour.

Bientôt la guérison fut complète et la troupe Smetbaba partait pour Marseille où elle débuta au *Palais de Cristal.*

Le père Smetbaba à son tour gardait le lit. Une douloureuse maladie, dont il avait autrefois beaucoup souffert, l'avait repris, et, lorsque la représentation finie, les artistes coururent gaîment à la maison annoncer le succès des débuts, ils ne trouvèrent qu'un cadavre : le père Smetbaba était mort.

Ce soir-là, Joséphine, la petite abandonnée, avait recueilli des applaudissements formidables. Elle s'était surpassée ! Elle avait jeté en pâture à la foule insatiable son talent vigoureux, ses gestes gracieux, les ondulations savantes de son corps tournoyant dans les attirances du vide, ses balancements langoureux et ses déhanchements pleins de courbes adorables et de modelés variant à l'infini, grâce aux bercements du trapèze et aux paquets de lumière aveuglante du gaz.

Alors vint, hélas ! la débâcle de la troupe Smetbaba : la pauvre veuve n'ayant pas l'énergie nécessaire pour conduire les affaires. Les artistes furent congédiés et Joséphine entra, en qualité d'*artiste-mime,* à l'*Alcazar*, où nous allons la retrouver tout à l'heure.

II

Nous sommes au pays de l'ayoli, en 1856.

Dans une chambre sombre, sur un petit lit de fer, un enfant de trois ans râle. Anxieux, le père écoute cette respiration lugubre et pénible comme le geignement d'un soufflet crevé. A ses côtés, un médecin examine attentivement le malade. Dans un coin, la mère pleure et sanglotte.

Brusquement, le médecin dit : « Il faut l'opérer ! »

Le père fait un mouvement d'hésitation.

La mère sanglotte plus fort, puis sort en criant : « Il est perdu ! il est perdu ! »

On pratique la trachéotomie. Elle réussit pleinement.

— Votre fils est sauvé, monsieur, mais je crois qu'il ne fera jamais un ténor.

L'enfant, en effet, ne fut jamais ténor, mais il embrassa, néanmoins, la carrière artistique si attrayamment décevante, si épuisamment charmeuse !

Il poussa, devint très long, n'ayant absolument rien du sylphe, possédant, en revanche, une allure gauche et lourde très-bien portée, parait-il, dans certain département que je ne veux point

nommer de peur de m'attirer la haine de ses habitants.

Le père était désespéré, se demandant chaque
jour ce qu'il pourrait bien faire d'une progéni-
ture aussi peu... esthétique. Un beau matin, il
battit le briquet sur son front : une étincelle en
jaillit. C'était une idée baroque (à en juger par
la grimace qu'esquissa son visage) qui ne pouvait pas du tout lui servir, mais qu'il ramassa
malgré cela, dans sa cervelle, afin d'obéir à sa
maxime favorite : Il ne faut rien laisser perdre.

Il recommença.

Cette fois-ci, il fut plus heureux. L'idée con-
seillait la *danse*.

L'enfant entra donc dans la classe de danse de
M. Hus, au Grand-Théâtre de Marseille. Il se
trouva là en compagnie d'une vingtaine de gamins à qui le professeur inculquait l'art chorégraphique à l'aide de nombreux et généreux coups
d'archet.

Le jeune Léopold débuta dans *Rigoletto*. Il fut
choisi pour figurer « la fille du bouffon. » Comme
une vulgaire marchandise on le mit... en sac. Le
coup de foudre de la vocation le frappa en plein
cœur à ce moment-là, et, dès le lendemain, il dé-
clara tout net, à l'auteur de ses jours et de ses
nuits, qu'il ne voulait vivre que d'entrechats et de
pirouettes : maigre pitance quand elle n'est pas
accompagnée de pièces de cent sous pour s'offrir
quelque chose de plus substantiel !

A quinze ans, Léopold perdait son père et, en

même temps... le boire et le manger à prix réduit. Jusqu'alors, il ne s'était guère inquiété du coût de la nourriture. Puisque « aux petits des oiseaux Dieu donne la pâture, » Dieu devait *a fortiori* la lui accorder, à lui, un homme ! Malheureusement ou heureusement, il n'en est pas ainsi ; aussi le futur danseur fut-il obligé, non-seulement de pourvoir à ses besoins, mais encore à ceux de sa mère et de ses deux sœurs. On était en 1870 : l'année terrible marquée de noir dans l'histoire de notre pays.

Pour les natures éprises sérieusement d'art il n'existe pas d'obstacles infranchissables. Pendant que la matière travaille, l'esprit s'en va courir dans le pays des conceptions incomprises des Philistins.

Sous le grand soleil de l'art éclosent ces fleurs, au coloris tendre de soleils couchants, aux couleurs aveuglantes de fournaise, bercées par la musique, cette brise aux harmonies multiples, au clavier si complet et si varié du rire et des larmes, des voluptés et des sanglots, chantant dans les fleurances suaves que verse la Poésie : cette vierge-courtisane. L'artiste est plus qu'un homme ! Il possède un sixième sens qui affine sa matérialité et lui fait percevoir ces sensations, délicieusement faibles, inressenties de la foule. Couleur, saveur, parfum, bruit : tout cela défile dans le chemin des sens avec le cortège des *inconnues*. Inconnues ! Emotions monstrueuses et navrantes des névropathes .et des désespé-

rés, vivantes des réalistes, mièvrement précio-
sées des Parnassiens !

Léopold, durant ses longues heures de labeur,
songeait au but rêvé. Et il y pensait avec un tel
acharnement qu'un matin d'avril 1871, il réussit
à traiter son premier engagement au concert des
Champs-Elysées de Toulon où il eut beaucoup
de succès.

Ce serait ici la place d'une rabelaisienne « ad-
venture » qui ferait se pourlécher mes lecteurs
et que mes charmantes lectrices savoureraient, j'en
suis certain, avec infiniment de plaisir... parce
qu'elle est très-morale... seulement il me faudrait
écrire bien plus d'une page. Or, je suis très-pa-
resseux : Concluez ! Il y a pourtant un corsage
servant de boîte aux lettres, que je décrirais bien
volontiers, je vous le jure ! Puis, d'un autre côté,
elle expliquerait pourquoi le *danseur* devint
chanteur.

— Chanteur? vous voulez rire, monsieur !
Tout à l'heure, vous nous avez dit que le
petit opéré, Léopold quoi, ne serait jamais
ténor?

— Ténor, oui, mes bons amis, mais basse...
désagréable non, mille fois non !

Et voilà pourquoi nous allons rejoindre Léopold au café Vivaux à Marseille, où nous le trou-
vons en compagnie de Rouffe, un pierrot célèbre
aujourd'hui à l'Alcazar où il a remplacé De-
bureau.

Le chanteur vivotait.... Ah ! si les applaudis-

sements que le public lui prodiguait avaient été
de bel et bon argent, quel riche il eût fait !

De Marseille à Avignon, d'Avignon à Saint-
Etienne et de Saint-Etienne à Marseille, mon
bon ! à l'Alcazar, mon çer ! avec un bel engagement, té ! et du succès, en veux-tu en voilà ! du
succès, bagasse ! à n'en savoir que faire ! Mais,
hélas ! toute chose a son mauvais côté. Un soir,
Léopold s'apprêtait à chanter « *Digue, digue,
mon bon !* » Il entre en scène, ouvre la bouche,
fait des efforts inouïs pour sortir une note.
Rien, rien ! Il était aphone. Le pauvre chanteur
dut se livrer à une pantomime très-compliquée
et terminer par une gigue des plus animées pour
remplacer le chant.

Et le public qui criait bis, hurlait, trépignait,
pendant que Léopold quittait la scène, pâle,
écrasé, la mort dans l'âme !

La vie artistique a de ces brutalités, d'autant
plus terribles qu'elles sont inattendues. On est
jeune, on aime son art, on est heureux. Les jours
se suivent et se ressemblent. Succès de théâtre et
succès d'alcôve ! Les femmes, en général, ont
pour les comédiens des tendresses inexplicables.
Pure affaire de curiosité. Les yeux, jamais le
cœur, sont fautifs. Et l'on marche fier, satisfait
du présent et plein de foi en l'avenir. Un beau
soir, patatras, tout s'effondre ! Un accident, un
rien en est la cause. On résilie un engagement
de trois ans contracté avec les *Ambassadeurs* de
Paris et l'on tombe dans la *Compagnie Immobi-*

lière gratte-papier, écrivant cra-cra, addition-
nant $2 + 2 = 4$ et $12 = 16$, pendant trois mois. .

Léopold ne put se résoudre à rester ainsi huit
à dix heures par jour sur un bon coussin, dans
une atmosphère bien chaude. Il lui fallait le
soleil de la rampe, les arbres peints à la colle et,
au lieu de l'odeur fade des bureaux, les âcreurs
mordantes des toiles humides et du maquil. Il
remercia la Compagnie Immobilière et ne pouvant plus être chanteur, redevint le danseur du
début.

« Pierre qui roule n'amasse pas mousse », a
dit la Sagesse des Nations, mais Roux — oh !
pardon — roue qui roule remplit fort bien son
but. On applaudit Léopold à Alger, au Casino
de Lyon, au Grand-Théâtre d'Avignon, à Oran,
Constantinople où il perdit costumes et musique
dans l'incendie du théâtre. Retour en France :
Perpignan, Avignon, Bordeaux où il récolta des
lauriers de quoi se chauffer tout un hiver. Séjour
en Bohême...

> .... pays charmant
> .... qui dut lui plaire assurément,

mais moins que la France, puisqu'il la quitta,
au bout de quatre mois, pour prendre la direction
d'une troupe chorégraphique, au Casino de Tou-
louse, en octobre 1876.

Tranquillement il se livrait à la composition
de ses ballets, lorsqu'une gracieuse invitation du
ministre de la guerre vint le prier de se rendre

au 61ᵉ régiment d'infanterie, non pas comme maître de danse, mais tout simplement comme soldat de 2ᵉ classe. Le mariage de sa mère lui valait cette distinction... honorifique.

Il fallut s'exécuter et laisser les danseuses en larmes... de ce départ... à moins que ce ne fût de la perte de leur engagement.

Le 3 juin 1877, Léopold était un « mélétaire » portant crânement l'uniforme et fortement considéré de ses camarades, à qui il avait payé une de ces bienvenues qui font époque dans l'histoire des casernes. Il est vrai qu'en retour, il avait appris d'un certain Farfaillou l'art de subjuguer et de *faxiner* les payses les plus... mascottes. Mon éminent confrère de la *Revue de la Poésie*, le général Francis Pittié, alors colonel, se l'*adjugea* comme secrétaire.

Veinard de Léopold !

Son année de service achevée, il retourna à l'Alcazar de Marseille où l'éclatement d'un pistolet, qu'il tenait à la main en jouant une pantomime, le retint trois mois au lit. Cet accident lui fit abandonner les concerts pour suivre désormais la carrière théâtrale.

***

Cette histoire, commencée comme un roman, va se terminer comme une idylle.

En 1882 avait lieu à Béziers le mariage de deux artistes de l'Alcazar de Marseille. Mˡˡᵉ Joséphine Juratovich qui, jusqu'à ce jour, se croyait la fille du père Smetbaba, épousait Léopold, le maître de ballet.

Et ils furent heureux!

Et ils eurent beaucoup d'enfants !

MORALITÉ :

Tout est bien qui finit bien.

SUICIDE

A. Ch. Batuaud.

Ce soir-là, il y avait nombreuse réunion chez l'ami Jacques. On parlait très-fort lorsque j'entrai.

— Eh bien ! Jean, vous savez la triste nouvelle ? me crièrent plusieurs voix.

— Triste ! je ne vois pas. Parce que la baronne de J... est partie avec son cocher et que son mari est furieux, vous voulez que je m'afflige ? Ce sont des *accidents* assez fréquents aujourd'hui pour qu'on ne leur accorde que peu d'attention.

— Vous êtes fou, mon cher, fit Jacques, il est bien question de votre baronne !

— Expliquez-vous ?

— Ah ! mon pauvre ami, nous faisons une véritable perte ! Un si excellent garçon et un talent de si bel avenir !

— Mais, enfin, qu'y a-t-il?

— Dire que je lui ai serré la main avant-hier, et, la nuit dernière, le malheureux se brûlait la cervelle.

— Voyons, Jacques, de qui parlez-vous?

— Eh! de Norbert, parbleu! de notre cher Norbert, aussi fin diseur qu'habile statuaire!

— Pas possible? Un garçon si calme!

— Encore un effet de l'amour.

— Je n'en crois rien.

— En voici la preuve. Le pauvre Norbert m'a nommé son exécuteur testamentaire.

Et Jacques me tendit une lettre en me priant d'en faire tout haut la lecture.

La lettre contenait ce qui suit :

« Mon cher ami,

» Je m'en vais partir tout à l'heure pour l'éternité avec le billet — d'aller seulement — que va me délivrer un superbe revolver 7 $^{m/m}$ dont j'ai fait emplette ce matin. J'avoue, en toute sincérité, que cette façon de voyager me sourit médiocrement; mais, que voulez-vous? je n'ai guère le choix. Le sulfate de strychnine ferait bien mieux mon affaire, si je savais quelle dose est nécessaire pour m'expédier sans souffrance; le charbon est trop vulgaire, puis, d'un autre côté, il y a toujours des individus qui se trouvent prêts à enfoncer les portes afin de sauver les gens ne voulant plus vivre; l'eau n'est bonne qu'en été, par les nuits lourdes.

» Donc, le revolver est chargé — triste besogne pour lui! — de me replonger dans le néant d'où l'on n'aurait jamais dû me faire sortir.

» Ne froncez pas les sourcils, mon brave et excellent Jacques, et donnez-moi votre main que je la tienne dans les miennes. Là, merci. et maintenant, écoutez... et, surtout, ne vous mettez pas en colère. Je ne suis pas un enfant. La détermination que je prends est irrévocable. J'ai mûrement réfléchi avant de me décider, mais à l'heure actuelle, ni nos amis, ni vous, ni même ma vieille mère ne pourrait me faire changer de résolution. Et pourtant vous n'ignorez pas à quel point je l'aime, cette pauvre femme! J'aurais donné ma vie pour elle. Pour lui éviter le moindre chagrin, j'aurais fait je ne sais quoi! Eh bien! je vous le jure, elle serait près de moi, en ce moment, pleurante, désespérée, suppliante, je la repousserais d'une main, et de l'autre je me ferais sauter la tête.

» La raison?

» Vous n'allez pas me croire et vous aurez tort, car rien n'est plus certain : Une femme m'a donné la vie, une femme me l'ôte!

» Vous demandez à comprendre, mon brave Jacques, je vais satisfaire à votre désir.

» D'abord, laissez-moi vous faire une courte description de mon modeste intérieur. Tout est en désordre. J'ai fait un grand nombre de paquets, j'ai mis des noms sur des marbres, sur des modelages... vous saurez tout à l'heure pourquoi. Je suis à mon bureau, éclairé par quatre bougies de paraffine parfumée — quel luxe! — A ma droite, du café encore tiède, à ma gauche, des parfums et des lettres... Lettres de femme, mon bon ami. Je vous ferai remarquer que j'écris femme au singulier.

» Pardonnez-moi, mon bon Jacques, pardonnez-moi... si je pleure. C'est plus fort que moi. Il vient de m'arriver un souvenir d'enfance, un souvenir du pays sentant bon l'aubépine et la lavande, un souvenir frais comme la brise d'avril..., la brise de chez moi, bien entendu, pas celle du grand Paris! Un délicieux souvenir plein de chants d'oiseaux et de murmures, et de baisers, mon bon Jacques... les baisers de ma mère! Oh! chère femme... Elle en mourra, Jacques, elle en mourra. Vous irez la voir, n'est-ce pas? Vous lui direz que je ne pouvais plus vivre, qu'elle me tuait — elle, — cette femme! Vous la consolerez.

» Je reprends ma description.

» Où en étais-je? aux parfums, je crois.

» Il y a des parfums.

» Le parfum, savez-vous ce que c'est, mon cher ami? C'est tout bonnement de la femme volatilisée. Du moment où il y a des femmes perverses, il existe des parfums pervers. L'*Ylang-ylang*, l'*Opoponax*, la *Peau d'Espagne*, décompositions de courtisanes, sont, conséquence forcée, les préférés des vierges folles parce que nées de chairs saturées *d'amour* ils l'engendrent à leur tour.

Cette remarque est applicable à toutes les odeurs. Le *nen-monn-hay* ne vient nullement du foin, mais bien de la fille des champs, nature robuste, sentant son *sui generis*. La *violette* doit son odeur aux vierges timides et modestes, l'*héliotrope* est de l'évaporation de marquise, le *corylopsis* nous est donné par la femme qui, sous les tropiques, vit nonchalamment ses jours et sensuellement ses nuits. L'*encens*, sanctifié par le catholicisme, est le lent éparpillement des prêtresses embaumées des anciennes religions, etc., etc.

« Or, Jacques, il se trouve près de moi, des flacons de femmes et des lettres... bien tendres, quelques-unes passionnées même, avec de l'amour à chaque ligne, de l'amour comme je l'avais rêvé, étrangement chaste, naïvement profond.

» Je fume précipitamment. La fumée monte en spirales bleuâtres, dessinant toutes sortes de figures bizarres, et je la suis avec une attention véritablement étonnante. Elle s'enroule, tourne doucement, plus vite, encore plus vite, se divisant pour former ces miniatures de nuages que vous devez aimer, vous aussi, mon excellent ami, les soirs où vous êtes seul avec votre pipe. Oh ! la pipe, aimée du vulgaire à cause de sa commodité, sans doute, et que j'adore, moi, parce qu'elle contient une poésie... matérielle qui m'entraîne dans le gouffre des pensées roses. L'opium m'abrutit, le haschich m'attriste, l'absinthe me trompe, le tabac m'égaie, me donne un semblant de bonheur... Béni soit Nicot !

» Donc, je fume.

» En face de moi, près de mon encrier, est un portrait.... le sien ! C'est Elle, celle qui m'a trompée, celle qui, dans la comédie du sentiment, jouait simplement son rôle alors que je vivais le mien.

» Vous souvenez-vous, mon bon Jacques, de mon scepticisme et de mes moqueries à l'endroit des amoureux ?

» Pour moi, AIMER était une folie bête, une gourme qu'il fallait jeter à la fin de ses humanités pour en être à jamais débarrassé. Insensible aux blessures de l'Amour, je comptais sans ses brûlures. Dans mon cœur, un beau jour, éclata un incendie que rien n'a pu éteindre : indifférences, orgies, voyages.

» Tout brûla !

» Et maintenant, que l'émiettement de mon cœur carbonisé me fait souffrir d'horribles tortures, la vie m'est insupportable.

» Vous êtes impatient, mon cher Jacques... parce que vous êtes curieux. Vous voulez savoir son nom, son âge. Est-elle jolie ? est-elle brune ou blonde ? est-ce une parisienne ? est-elle intelligente ? Toutes ces questions se pressent sur vos lèvres et, brièvement, j'y vais répondre. Son âge ? celui du mal. Son nom ? Mensonge. Jolie ? Comme l'Egyptienne que vous avez dans votre atelier. Parisienne ? Jusqu'au bout des ongles, mais conservant toujours la naïveté d'une pensionnaire de 18 ans. Intelligente ? Malheureusement, avec

tous les dehors d'un sentimentalisme adorable-
ment sensuel et toute l'hypocrisie d'une hysté-
rique qui veut rester froide.

» Je la connus dans une respectable famille où
j'allais de temps en temps.

» Elle était modeste et perfidement coquette...
Je me laissais prendre à la glu de sa voix.

» Ce n'est qu'une amourette, me disais-je, dont
je pourrai peut-être tirer un excellent profit;
mais l'amourette grandit, grandit tant et si bien
que je devins son esclave.

» L'engrenage où j'avais eu l'imprudence de
mettre le bout du doigt m'avait pris tout entier,
puis, après m'avoir bien broyé, bien écrasé, bien
mâché le cœur, me rejetait en lambeaux.

» Moi, le sceptique! moi, l'homme fort! moi,
le chamfortiste! j'avais été joué par une jeune
fille, une enfant, innocente et douce, qui paraissait ne rien savoir de la vie, et dont les yeux
étaient bons et tendres comme une caresse. La
mignonne, non contente d'avoir trois amoureux, en voulait un quatrième et c'est moi qu'elle
avait choisi pour tenir cette place. Elle m'adorait, disait-elle, à tel point qu'elle ne pourrait
vivre sans mon affection. Or, un soir, elle me re-
çut froidement et, le lendemain, plus froidement
encore; le surlendemain, elle me priait de ne
plus revenir, car elle ne m'aimait pas, ne m'a-
vait jamais aimé, oh, mais là, pas du tout!... elle
avait voulu voir...

. . . .

» Dans dix minutes, le fulminate effacera et le passé et le présent.

. . . .

» Faites exécuter, je vous prie, mon testament. Vous irez, vous-même, porter à son adresse, le petit paquet scellé de noir que je laisse dans le premier tiroir à droite du bureau et vous partirez aussitôt qu'il vous sera possible, là-bas, vous savez où, mon bon Jacques. Vous lui direz tout à ma pauvre mère, et vous l'embrasserez bien fort, pour moi, vous entendez ! et vous lui remettrez cette mèche de cheveux tout humides de mes larmes.

» Jacques ! . . . .

» Il y a de la lune dans la rue, il y a de la musique chez mes voisins, il y a des pas et des voix sous mes fenêtres, mais dans les cendres de mon cœur il n'y a plus qu'un peu d'amitié : la moitié est pour mes camarades, l'autre moitié... pour vous tout seul.

» Adieu, Jacques, adieu.

» Norbert Restol.

» Adieu, adieu ! »

Une émotion étrange m'avait gagné.

En prononçant les dernières lignes, ma voix tremblait, tremblait.

Je balbutiai les mots « adieu, adieu. »

— Ah çà, vas-tu pleurer ? me dit Paul en se levant. Norbert s'est tué, il a bien fait. Seulement une femme n'aurait pas dû en être la cause.

Moi qui te parle, j'ai aimé, mais aimé à en devenir bête, une comtesse qui m'a envoyé promener d'une jolie façon... ce en quoi elle avait tort parce qu'un homme en vaut un autre. Je me suis fait une raison et voilà !

Ah ! je comprends, il y a le coup de la pose. On s'écrie : c'était une nature exceptionnelle ! On lance de grands mots qui sonnent le creux, ça .ait très bien dans le tableau ; grattez-moi ce plâtrage, que reste-t-il? La bête, mon cher. la bête !

Mais la bête a parfois des retours inexplicables. Quant à moi j'aime les folles équipées et .tout l'égrènement, délicieusement révoltant. d'un rosaire d'amour à mon usage, et toi aussi, mon cher, quoi que tu dises, et Jacques, et vous tous !

Nous nous plongeons jusqu'à la cervelle dans des aberrations maladives pleines de frissons et de spasmes, seulement nous comptons sans la satiété, sans la lassitude et toute la séquelle désabusante des ivresses non cuvées.

Et quand ce dégoût nous arrive nous sommes bien heureux de recommencer, de revivre nos jeunes années alors que, frais émoulus du collège. nous allions avec quelque chaste fillette, rêver et faire du platonisme dans un petit jardin, sous une tonnelle, dans les bois chuchotteurs, sous le poudroiement du grand jour, à la tombée crépusculaire.

Mon pauvre vieux, c'est incontestablement bête la vie, surtout quand on n'est pas riche. Or, une

chose stupide ne peut convenir qu'à des imbé‑
ciles. Conclus et dis-toi que cette phrase est la
meilleure apologie du suicide.

Où allons-nous ? je l'ignore. Nous en sommes
à une époque critique. Devons-nous sombrer ou,
au contraire, nous relever ? Ce qu'il y a de cer‑
tain, c'est que la vie actuelle ne nous suffit plus,
tout bonnement parce qu'elle est idiote. Nous
sommes donc forcés de nous créer une vie fac‑
tice. Cette vie-là ne se vit pas longtemps : quel‑
ques années à peine, car l'ennui y est attaché.

Quant à moi, dès que j'aurai terminé mon
livre : *Du suicide et de ses bienfaits*, je m'em‑
presserai d'imiter Norbert.

TABLE DES MATIÉRES

ERRATA

Page 3, ligne 25 : au lieu de *tort*, lire *tord*.

Page 23, ligne 14 : au lieu 'de *à l'égout d'où*, lire *à l'égout dont*.

Page 40, ligne 17 : au lieu de *amoureux*, lire *amoureuses*.

Page 57, ligne 15 : au lieu de *pas un souffle*, lire *pas un bruit*.

Nantes, imp. F. Sallières, rue du Calvaire, 10.

www.ingramcontent.com/pod-product-compliance
Ingram Content Group UK Ltd.
Pitfield, Milton Keynes, MK11 3LW, UK
UKHW020918120726
13693UKWH00003B/1060